再一次，放浪地球

✈ 作者序

印尼峇里島，一個平常的五月下午。

我坐在長形原木枱旁邊，穿過落地玻璃趟門，望著度假 villa的泳池，陽光經過樹葉的縫隙滲進園內，充斥空間是雀鳥環迴立體的叫聲，我呷著一啖茶，what a wonderful world。朋友都出去了玩，只剩我一人獨留在大屋內，正好給我一點清靜時光，為這本書寫個自序。

工作和旅遊，事業和興趣，自從我2014年入行成為旅遊節目主持之後，就沒再分開過。每次出發拍節目，我都會選些自己願望清單上的地方做目的地，工作之餘滿足好奇心，到有機會來些私人度假旅行，我又總忍不住拍些有的沒的放IG。旅遊，不知不覺成為我生活不能分割的一部分。疫情來襲，這副旅行軀殼被送入急凍倉，疫情完結，血肉又再次感受到溫暖，活躍起來。

有人話，寓工作於娛樂，正；亦有人話，放假都要做嘢？唔係啩。每個銀仔總有兩面，世界上沒有一份工作只有甜，沒

有苦。進入了這一行，的確經歷過無數極力掙扎的時刻，甚至是懷疑宇宙的瞬間，但退幾步，看看整幅大拼圖，我都會發出會心微笑。覺得吃力？心裡說一個單字，抬頭就有力氣再衝過。人生係咁㗎啦，累了歇一歇，調整好呼吸又再上路，快慢不重要，沿途風光美好，過程才值得享受。他們是這樣說的，是吧？

所以我現在又上路了，疫情之後，我幸運地去了不少旅行，短至五天的有，長至四、五星期的都有，試過隔離七日，也試過差點回不到香港。《再一次，放浪地球》，就是疫情之後重新放眼世界的手記。事隔幾年，我的節目播放平台改變，「背遊」亦已變為「放浪」，世界變了不少樣，但好奇的心仍然在跳，旅遊魂依然存在。這不是一本推介食玩買的天書（seriously，現今世代，誰還需要這種天書？），也不是給你旅遊資訊的小手冊，這是一本提醒你天高海闊，要放眼世界的文章集合。2023年，我們都忙著報復性旅行，瘋狂登機的同時，別忘了旅行可以是怎麼樣，更還可以是怎麼樣。

Enjoy the ride.

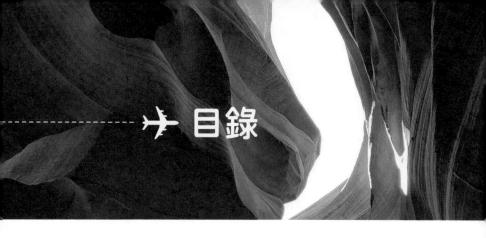

✈ 目錄

Chapter 3 *再一次，自在旅行*

✈ Start!

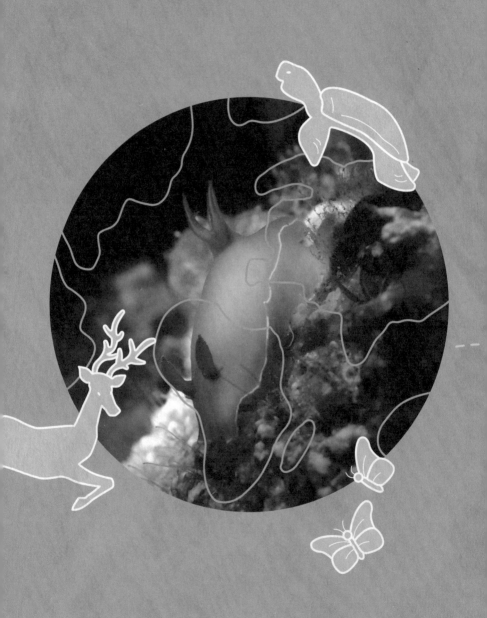

Chapter 1

再一次，向世界出發

✈ 1.1 去不了世界，就把世界搬到家

2020年二月，我的哥倫比亞旅行團宣佈取消。

那一年的旅遊節目計劃也差不多於同一時間，正式擱置。

打開新聞，專家說不要期望旅遊會在幾個月內回歸。

忽然之間，旅行這回事，在世界上消失了。

不少人問我：「冇得去旅行是不是很不慣？」Excuse me，請問誰會習慣？對我來說不只是少了生活趣味的問題，還是確確切切事業急停的問題，原本清晰的發展方向突然失焦，我被迫要想，在等待旅遊重新開始的漫長過程中，我該如何利用我的時間？

我個人比較idealistic，不符合我興趣性格的事不想夾硬做，拍片整嘢食，跟朋友玩玩可以，但教做home workout、入貨搞網購那些，一來我不想，二來我覺得自己不是真心有passion的，不會做得有說服力。在這種世界突然180度鯉魚反肚式翻轉的時候，要不迷失自己，就唯有認清自己，我的edge是什麼？我真正喜歡的，是什麼？

我知道，是大自然。

在香港主流媒體，食玩買很多人做，人文深度遊也有一些，去旅行喜歡戶外自然又有些生態知識的，少之有少。大學難得主修了無人講得出全名的「生態及進化生物學（Ecology and evolutionary biology）」，又難得去過肯亞草原上了三個月實地研究課，come on，那絕對應該是我的edge吧？於是2020年十二月，我和同樣因為疫情而轉型的旅行社，搞了一次網上動物學講堂，分享大學時學過的生態理論和知識，賺大錢就肯定不是喇（當時合作的旅行社好像在疫情後也沒有運作了），找到點信心寄託和推廣生態認知的滿足感，倒是真的。

接下來的幾個月，社會越來越適應疫下的新運作模式，工作亦逐漸增多，不過始終沒有出埠工作這回事，留家的時間還是比以往長，除了多讀一兩本關於動物進化過程的書，我也開始努力在家中尋找一些新鮮的生活趣味，我開始把注意力放到家裡除了人以外，會每天轉變的事物：我媽在過年時買下的海量年花。

我必須要強調，是海量。

那年不知道媽是否也因為疫情居家太悶的關係，過年時不止買了水插的鮮花，還入手一系列平時很少買的泥種植物，她還用一條小籬笆圍住植物盆，又在底下鋪上幾塊仿草小地墊，令原本只有幾盆植物的露台，忽然變到維園花卉展一樣。

我最初的反應是「喂，你唔好咁黐線啦」，過年啫，犯不著要擺個花海在家吧，但因為留家望多了，竟越望越順眼，還慢慢進化到「⋯⋯喂，又幾有田園氣息喎」。有時天氣好，我還

會把平時住在水缸裡的巴西龜「龜龜」（多沒創意的一個名字）放上假草，看牠在盆栽之間一時左穿右插，一時停低曬太陽，我覺得畫面很治癒，原來就算待在蝸居，也可以感受到一點大自然的活力氣息。

我漸漸愛上這種家裡「生機勃發」感覺。我決定，要把它延續下去。

我要種植物！

我開始上網找資料，了解關於家居植物的基本知識，睇blog睇YouTube，中文的外國的都睇，然後千挑萬選，在灣仔某植物店買了人生第一棵植物—— 一種據說極度適合新手上路，原生自歐洲和西亞的攀藤植物，長春藤；深綠而茂盛，精緻又優雅。我把它放在露台一盆大植物的盆頂之上，讓長藤如瀑布般自然垂落，退後幾步從屋內望出去，葉片覆蓋大半盆面，猶如生機在盆中溢瀉而出，漂亮到極點。

本想說試種幾星期體驗一下照顧植物的感覺，才決定會否繼續，但日復日的網絡自修，卻令我極速中毒！

原生自東南亞和澳洲的海芋（Alocasia），葉片巨大而鮮明；原生自美洲的肖竹芋（Calathea），線條卡通到似手畫；原生自非洲的羊角虎尾蘭（Dracaena angolensis），外形利落又硬朗，我實在很想一下子全部入手！

它們來自世界各地這點，更使我極度著迷──反正現在去不了世界，何不把「世界」搬到家，打造自己的小天地？很快，露台的植物就越擺越多，有時出花墟行，甚至會一次過買幾棵，我已經直接上癮。照顧不同原生地的植物，不知不覺之間填補了我內心在不能旅行之後缺失的一塊，那些對東南亞海洋、非洲草原和南美雨林的記掛，就這樣全部輸出到十幾二十呎的露台空間裡。

我的生活自從多了植物，變得充滿驚喜。某個初夏的晚上，我無聊把家中榨汁後剩下的五、六粒檸檬核掉進泥裡澆水，看我能否免費得到一棵檸檬。頭幾天我還每天檢查，但都沒有動靜，我亦漸漸把它遺忘（畢竟家中還有廿幾棵植物要照顧啊），連水都沒再淋……怎料一個月後，我在層架底瞥到幾點陌生的綠色，原來那早不知被誰塞到暗角的小盆，竟然長出三條幼芽來！足足一個月的零照顧欸。

幾個月後，我重施故技，不過今次檸檬核換上了紅提核，植物的生命力再次沒有令我失望，我得到兩條幼苗！直到2023年的今天，檸檬和紅提仍然安然無恙，曬著太陽。是的，它們有排都未會結果，但只是超市買的普通生果，也能由零種出新植物喝，運氣又好，實力又好，我都很自豪。

帶給我無限喜悅的，當然還有植物一季復一季的神奇蛻變：兩年間大了兩三倍的鹿角蕨，由膝頭般高種到心口般高的琴葉

榕，每逢聖誕前後會自動如吐出火焰般、生出朵朵紅花的蟹爪蘭，葉漸枯黃但轉了擺位後起死回生、重新開出一串串喇叭形小紅花的喜蔭花……目睹植物在某朝醒來有突破性的成長，是一種無可取代的興奮感覺。

年月過去，每一盤植物慢慢演化成一個獨特的故事，隨手拿起一棵都可以娓娓道來，留家，慢慢充滿意思，當過plant parent，就會懂。

最初因為事業走向大自然，最後我為了心靈健康，還是投向了大自然。大自然，how do I thank you？我們在疫情中失去了一些，但同時因為環境不再如常，又培育了另外一些。我沒想過有天會對種植如此感興趣，就正如我沒想過幾年前旅遊業可以一秒化零一樣。現在的世界，很狂，找到恆常的確幸，大概是保持內心平衡一種必要的技能。

在北美，室內植物需求在疫情期間上升了最少18%。

在英國，差不多30%。

困在香港，原來我也不小心趕上了英美熱潮。

下次要小心啲先得。

✈ 1.2 旅行流量密碼

「到底你哋鍾意睇乜？」

這簡直是我腦內最常自我辯論的一條問題。在社交媒體，一個內容能引起的喜愛和迴響都被具體量化，很容易就看到比較：某些旅遊內容我以為 po 了一定好多 like，結果卻慘淡收場，有一些我覺得一般般啦，反應又竟然極好。就算我自問已經由一個拍節目不久的新鮮人變成旅遊界 old seafood，有時對於這些數字，還是會摸不著頭腦。某些清高的人會說：「我們不應為 like po 相！」某程度上我是同意的，但作為一個全職的旅遊創作人，又真的不能完全不理。

在網絡世界，流量就是王道，影響力有幾大，甚至搵到幾多食，都看流量，你出很多自覺高汁的內容但無人知無人睇，也維持不到吧？況且拆解流量密碼很有趣，因為過程中，能側面窺視到部分香港人的旅遊喜好。

疫情期間，我經營了一個「#反正肉體冇得四圍去不如眼球出走」帖文系列。那時我很多計劃都被迫中斷，沒有新動向，social media 也突然不知道要 po 什麼。聽落很雞毛蒜皮，但當時對我而言卻十分大件事，新節目已經拍攝無期了，連自己的平台也不好好維持，和直接在行內人間蒸發有什麼分別？於是我想到了一條屎橋，封關之下，大家都不能去旅行，也想必很掛住旅行，不如我把過往的旅行舊照整合一下，按地點出 po 逐一回顧，作為我 social media 一個恆常的不定期內容分享，等

大家冇得去，都起碼有得睇？「#反正肉體冇得四圍去不如眼球出走」帖文系列，因此正式誕生，由頭到尾，持續了接近兩年，一共八十個posts。

我發現反應好的帖文，未必一定是關於體驗最獨特、風景最震撼的地方，反而只要構圖內明顯見到出名地標，帖文反應多數不會差。羅馬鬥獸場、悉尼歌劇院、布魯塞爾大廣場，這些地標很大路，根本毋須我去介紹，甚至可以說，一個旅遊人如果嘗試「介紹」這些內容，應該會被人破口大罵「係人都知啦，使睇你？」但沒有，大家似乎都很樂意睇。我在想，我的followers似乎沒有在找什麼新資訊，他們可能只想在我分享的內容中，找到一種令他們高呼「哎呀，我都曾去過啊」的共鳴。

直到2022年十一月，我來了個快閃大阪，再次驗證這個假設。其實我才第一次去（是的，別驚訝），很多followers絕對比我更熟悉此城，推介？多餘吧，所以我還是決定像一般旅客那樣，影些相、拍些片，之後在IG輕鬆分享就算了。我的行程很大路，在市中心邊逛邊吃、去公園看看紅葉、到有馬溫泉試試古湯，差不多就這樣。在道頓堀的那晚，我就在最地標的跑步男廣告前面影相──沒有構圖，沒有創意，沒有故事，沒有深度，就我在廣告板前面擺著跑步男的姿勢影張相，後面還有些背景路人，但最後我把相片放上社交媒體，反應竟然比我分享過的很多其他旅遊內容好。地標，始終是流量密碼。

　其實不只那張道頓堀打卡相，在那日本旅程拍的幾段
reels，都拿到比平時更多的點擊率和互動率，有馬溫泉的一條
更是一般短片三倍的成績，數據還直接又間接地令我在一個頒
獎禮拿到「香港十大 Reel Creators」的獎項。之後再出的幾條

以色列短片，就算有講聖城耶路撒冷的古城風情、猶太人在西
牆朝聖頌經的畫面等等，都達不到日本幾條的高度。有看我旅
遊節目的朋友都會形客我的主打市場為「非典型」旅遊目的地，
因此我也一直假定我的followers為喜歡「非典型」的人，但到
頭來，原來最能激起大家興奮的，始終是comfort zone內熟悉
的事。

當然可能只是日本是個例外。香港人愛日本的程度，超越科學家對人類未來的想像，關於日本的食的玩的買的滑的浸的一律瘋狂關注，或許只因「日本」兩個字加持，這些熟悉的，我膽敢說無新意的，才繼續被熱待？

　　好，再來看看水底世界。

　　我在 2022 年初夏去了龜島潛水。那種在清澈的海水中自在浮游，偶爾遇上海洋生物的神奇感覺，什麼都不能取代！我不是水底攝影狂熱分子，但潛水都會帶部 GoPro，為自己的水底經歷留一個記錄。相對亞洲其他潛點例如菲律賓、印尼或台灣，龜島海洋生物的獨特性是比較低的，它的海兔不夠多樣奪目，也沒有如火焰墨魚、擬態八爪魚或豆丁海馬的有趣物種，我去潛的幾天，甚至不幸地連一般比較常見的海龜和礁鯊都沒見到，號稱全年都有機會見到的鯨鯊？當然也是無緣遇上啦。我又不至於失望，始終是隔了幾年的第一次外潛，餓得太久，很容易滿足。

　　至於水底影片，我還是有拍到的，主要就是大大小小的魚群，除了海狼風暴之外，其他魚類都不算很有看點。為了該不該把影片剪輯後放上社交媒體，我思前來想後了好一段時間，因為可以說，我以往出過的所有——是所有——水底相和片，那怕是拍到多稀有的生物或多難得的畫面，反應基本上都比一般帖文差的，可能對於大眾來說，海底感覺太 unrelatable，裡

面的我戴上面罩咬著空氣吸嘴,也可能認不出來?試過幾次激動地把自己很喜愛的放出來共賞,卻得不到和應,心裡彷彿有點陰影。

但最後我決定照出。因為我還是覺得,連喜愛潛水的人都不分享水底世界的美,那誰還會欣賞?

結果出乎我意料。大家竟然熱烈讚好。

怎麼可能?那些品種大部分連特別都談不上!細看大家的留言,我卻得到了一個答案。龜島水底的畫面在IG「取勝」,靠的,是「量」。就算魚的種類普通,多起來逼爆鏡頭畫面,感覺就是震撼。沒有潛開水的人,未必理解什麼稀有物種特別不特別,但魚群夠大夠密集,毋須解釋,誰人都看得懂,於是順理成章,就成了 crowd pleaser。

最初做旅遊節目，直線覺得要把最隱世、最精闢、最與別不同的旅遊體驗分享給大家——我未必需要你睇完想跟住去，但起碼可以睇咗當去咗。但social media似乎在告訴我另一件事：能引起大家興趣的旅遊體驗，未必一定是最破格的，相反，大家更傾向在保守中探尋小新鮮，在已知中尋求圍爐感。是城市人求知欲太低？還是生活太忙壓力太大令好奇心泯滅？

經常有人問，疫後旅遊生態，和疫情前有什麼不同，我一直沒有很好的答案。但觀察久了，我得到一個假設。這篇文章提到的「旅遊保守」，在疫後似乎更加明顯，可能大家的旅行自由被剝奪太久，一有機會出走，就什麼都殺，毋須講究太多，所謂另類旅行……等去夠三五七次日本再想吧。

關於如何應對這個社會現象，我仍然是有點叛逆的。雖然必須顧及市場反應，但就算日本是收視保證，保守是市場主流，我還是希望像潛水這次一樣，至少能偶爾來點放飛自我的，這樣風格才不會失去，主見才不至流失。另一方面，我希望旅遊繼續回復，城市人焦距可以放鬆一點，不只聚焦在咫尺間的動靜，世界偌大，有無數個模樣，看得太近太用力，會近視到失明。

香港人十大熱門旅遊目的地，每個入圍城市都屬於不同國家。
唯獨日本獨佔三個席位。
不過台北和巴黎排名高過大阪及北海道，又令人挺意外的。

✈ *1.3 巴拿馬的日本仔*

去旅行會遇到很多人，有的可以很投契，有的甚至可以在陌生國度一起出生入死，不過大部分相知相交，都是短暫，當大家各自回到自己的城市，生活就再次成為互不相干的平行線。

一個朋友卻除外。

大約在白堊紀時期，我開拍人生第一個個人旅遊節目，十一月中出發，五十日去中美洲七個國家，連續狂拍個幾月（當年真是有夠熱血哈哈），來到最後一站巴拿馬，已經是聖誕時節。天真的我自以為機會難逢，可以拍拍巴拿馬過熱帶聖誕的景象！然後到了現場，才驚覺平安夜開始，街上九成店舖都不開門⋯⋯氣氛？食得㗎？其實是我笨，根本外國 Christian 國家都這樣，聖誕個個休息回家團圓，是香港才怪怪的，忽略慶節本意，只留資本主義的消費氣氛。

不過我還是找到一千零一間有開的舖頭——一間白人開的壽司店。巴拿馬食壽司？得唔得㗎？我突然靈機一觸，想起剛剛在 hostel 認識的日本 backpacker Shundo，喂，不如請他在這裡吃餐飯，讓他從真日本人的角度講講巴拿馬的壽司質素，再聽聽他的 backpacking 故事？既關本地事，又有點文化交流元素，放在一個實況旅遊節目裡，挺有意思吖？

結果貪玩的他二話不說就應邀拍攝，也在節目中分享了自己的故事。他家賣歐洲名錶，準備接手生意，一直很喜歡

backpack周遊列國的他，夢想是考機師牌，然後買架飛機，自己揸飛機環遊世界。

　　當時剛出來社會工作的我聽罷，直線反應是，嘩，有錢就是任性啊⋯⋯

　　後來觀眾都記得我在巴拿馬認識到一個日本「有錢仔」，不過我必須在這裡為他澄清，「有錢仔」這個label只是我為了在節目讓他的形象更突出而為他強行貼上，他從來沒有這樣自稱過。事實上，他本人就很隨和、很貼地，記得我們拍畢，還走到店外一人一罐啤酒，拖鞋短褲，坐在長櫈上消磨了半個鐘

才回hostel。青春？麻甩？男人的浪漫？反正大家都覺得對方的故事很有趣，啱傾囉。

之後我們交換了Facebook及IG，就繼續各自的旅程。

怎料半年後，我在inbox收到他的message: "I will go to Hong Kong this year;) if you have time lets meet:)"

竟然真的可以keep in touch。我當然知道香港和日本不遠，香港人直頭當日本鄉下啦，但一個只hang out過一晚的朋友，來香港有心想找個時間catch up一下，老實說我有些少感動。於是巴拿馬之後，我們在香港一起再吃了餐飯。

之後我們都有再見過一兩次，但自從疫情開始，就再沒有這個機會，從他的IG得知，他終於考獲了日本私人飛機駕駛牌，為了拓展生意，又去學了寶石鑑別。一切都依照他理想的軌道進行。不過不能約見面，我們也不會特意找話聊，這三年，我們除了很間中like下對方的post，story覆個emoji之外，都沒有再怎樣交流過。我以為我們不會再見了。

但所謂keep in touch，有人肯keep，就會in touch。2023年一月，他告訴我兩個月後將會來港，問我有否時間見面。

我當然說好！

再一次，放浪地球

1.3 巴拿馬的日本仔

　　三月某天，我們約好食lunch。他說他的酒店在佐敦，隔這麼久再來香港，想吃Chinese food，於是我在尖沙咀找了一間望落都四四正正的中菜館，飲啖茶，食個包。我準時到達，他已經站在門口，身穿白T恤加件casual西裝褸，是典型的年輕公司老闆造型，和我的hoodie短褲加cap帽有點……分別，well，我是休班節目主持造型，thanks。一見面唔好講咁多，立即來個西式擁抱，他都去過很多不同地方，打招呼的方式不一定很日本。

　　坐下點了一些我覺得他應該要試的點心後，我們就互相問候下大家的近況。他這次來港是為了參加珠寶展，始終他公司賣的是歐洲名錶，數目有限，賣完了，生意就完，打開寶石市場，公司就有機會更上一層樓。為了投入寶石市場，他特意飛到處理全球超過八成原鑽的鑽石名鎮比利時安特衛普（Antwerp）交流，又飛去以色列特拉維夫（Tel Aviv）和猶太人打交道，他說，學鑽石令他認識到很多新朋友，說時嘴角微微向上，既好奇又雀躍。

　　他似乎沒有什麼變，還是這麼喜歡周圍去，識朋友，彷彿鑽石只是藉口，識人才是正經事。

　　我也告訴他我的近況，我說最近都很忙，要出節目又要拍節目，還要寫書。

想不到他回應說，他最近也出了一本書！一本電子書。圖文並茂講他早前去意大利參加三項鐵人比賽的經歷。他說覺得三項鐵人很好玩，接下來八月將會飛去瑞典參加下一場。疫情似乎沒有令他停步，原來除了機師牌和寶石鑑別外，他還pick up了另一個新興趣。

對了，機師牌，他當初令我最震驚的自買飛機飛行夢，怎麼樣？

「哈哈，未，未打算買住！」

但他有另一個短期一點的飛行計劃。日本有一些飛行俱樂部之類的組織，只要你是合資格機師，加入就可以租他們的小型飛機，租金原來還不算貴，大約就百幾二百蚊美金一小時。他打算出年找三、四日時間，試一次揸飛機環遊日本。

揸・飛・機・環・遊・日・本。

在巴拿馬聽他夢想的那種震撼又回來了，齋聽已經覺得有型！我問他可不可以載人，還職業病發作說這個拍成節目一定很好看。他說可以啊，真的實行的話就看夾不夾到時間囉。

嗱，呢個節目，真心，我想拍。

不過對他來說，腦子裡的計劃可能太多，還是要排一下隊

吧。他說他從香港回到東京之後，過幾天就會飛去雅加達找個朋友一起看BLACKPINK。他說他不是粉絲，但他很很很好奇她們為什麼可以橫掃整個世界，所以決定要撲飛親自睇一場。

歐洲、中東、BLACKPINK，想飛哪就飛哪，又有工作，又有娛樂，你會否仍然是那句，「有錢就是任性」？

可能是「任性」的，但同一時間，我亦有種佩服，他對所有事似乎都很有幹勁，想到，就著手去做。想環遊世界？就學揸飛機。想拓展生意？就全球四處奔走。不明白韓國天團魅力何在？就撲飛親身考證一次。直線思維，毋須左想右想拖個三五七年。你可能會說：「哼，我有錢我都周圍飛啦！」但很多人就算有資源，都會被生活的慣性拖住後腿，不敢走遠。你不得不承認，Shundo 的求知欲和行動力都很強，起碼他的錢不是花在每天 Omakase，開船 P 開紅酒？

吃了一半，我問他今餐 okay 嗎？他說很好，最愛是蝦多士，既有本地特色又好味，引入日本一定可以大賣。說到此時，他忽然分享到一個 vision。

「我們賣外國錶，做鑽石生意，就是轉售別國工匠的貨品，可是我一直很想有日本本土出產手工品可以在國際市場上佔一席位啊。」

Made in Japan 在很多香港人心目中已經是品質保證的意

思，不過顯然，他在想的，是一講名錶就想起瑞士，一講鑽石就想起比利時的那種高度。由蝦多士想到生意再想到日本手工品市場，哈，果然是個生意人。

我們飲完茶再去附近的café喝了杯咖啡，之後時間就差不多，他要返回珠寶展場地。我問他要怎樣回去，他說搭地鐵。

那好吧，就這樣，一個在巴拿馬hostel極偶然相遇到的日本仔，七年多後竟然還能再聚，還彷彿有個未來約定，這絕對是我當初請他食壽司時沒有想過的後果。不知道他的日本揸飛機之旅會否成行，我又會否真的有機會join，但起碼我知道，我仍然很欣賞這個朋友，因為事隔多年，他仍然對生命充滿

passion，但同一時間，卻能保持貼地。一直覺得貼地就是心態和感受事物的角度選擇，和你的收入沒有必然關係。有錢為什麼不可以backpacking住hostel，做老闆就不可以搭地鐵投入異地的日常生活？

這大概是「不要被貧窮限制想像」的另一解讀吧。

2022年八月，比利時少年Mack Rutherford揸飛機經過五大洲52個國家，成為史上最年輕獨自環遊世界的人，完成創舉時，他17歲。

✈ 1.4 溫哥華婚禮

2022年頭我接到一個婚禮邀請，地點在溫哥華，我很猶豫要不要去，始終十幾個鐘飛機來回只為婚禮的兩天，有點chur，更重要是當時旅行回港還要隔離七日，又要搶酒店又要額外付一星期酒店錢，阻力大到一個點……怎料個幾月後我收到另一個婚禮邀請，地點同樣在北美西岸，時間還正好是第一個婚禮的下一個周末！我直頭覺得這是上天給我的指引：你‧要‧去‧西‧岸。Okay，既然上天先生你這樣盛意拳拳，我就無謂多想啦。於是，在2022年八月尾，我一口氣參加了兩個北美婚禮。

這裡我想說說第一個，一個在溫哥華搞的，同性婚禮。

人生閱歷尚淺，這是我第一次參加同性婚禮。身邊當然有不少同性couples，但他們大部分未婚，少數已婚的就是在我認識他們時已經結婚，所以一直無緣見證一對同性伴侶在親友面前山盟海誓的一幕。以我所知，香港的同性伴侶較少會像香港傳統搞婚禮那樣大費周章，天都未光就一班兄弟姊妹左撲右撲，一連串活動直到半夜。我想有兩個主要原因，第一，同性要註冊結婚都要在外國，想一併在外國搞婚禮就不會延開百席吧，想安排死人咩？第二，一些同性伴侶未必想向所有麻煩的親朋戚友come out，想結婚，還是一班熟人食個飯、慶祝一下就好啦。這次婚禮在香港的定義來說都不算「大搞」，賓客就大約五、六十人，我很慶幸，今次有份見證兩位新郎的喜悅。

　　香港的婚禮場地很悶，除了酒店就是酒店，在北美，人們
選擇的結婚場地似乎多元彈性得多，幾年前另一對美國朋友的
婚禮，就在紐約街頭一間透過義賣二手書支援社會有需要人士
的書店café舉行，而今次兩位新郎選擇進行證婚的地方，是溫
哥華一間博物館的function hall，落地玻璃，正對著出面是一
個海邊小花園，沒有大酒店的浮華堆砌，卻多了一份置身小田
園的親切感。

　　優美的環境，我卻很不優美地到達。因為第一次來溫哥華，
我出發時無知地預錯交通時間，遲到了，進會場是用跑的，那
時其中一位新郎已經在宣讀他的誓詞，我只好靜靜地竄到最後
一排坐下，好不尷尬。山長水遠特意來到溫哥華就是為了這場

婚禮，然後我 miss 了開場？不過新郎的誓詞很快就讓我入局，可能美國教育比較著重寫文章和表達自己吧，他們的結婚誓詞一般都比香港婚禮的寫得長和細緻，一個又一個和對方同甘共苦有笑有淚的故事，在這個只有幾十人的私人空間裡真摯分享，叫人份外動容，詳細內容始終涉及他們十分個人的經歷，我就不多講。只能說，同性伴侶由發現到承認自己的性取向，到詮釋自己在社會的規範下該如何自處，再到向家人坦承，成功走到結婚一步躺開雙手接受大家祝福，需要經歷的可以是很多很多，每一步可能都是極大的難關，一點都不容易。以前去婚禮聽罷準夫婦想對對方說的話，最多都是感動和祝福，這次，我心裡卻多了一句：I'm so proud of you guys。

完成所有證婚程序，他們就從賓客的掌聲和歡呼聲當中昂然 march out，接下來的，並不是新人為了爭取時間換衣服或瘋狂取景拍照而馬上消失，相反，他們立即回頭，走到各位賓客當中逐一談話致謝。你想像得到嗎？參加一個婚禮，真的有機會和新人單對單交流一個十幾分鐘的時間，甚至可以 catch up 到生活近況！在這個對著小田園的室內空間裡面，我覺得自己真正見證到兩個新郎哥 intimate 的一刻。

啊，寫到這裡還未正式介紹，今次結婚的兩位新郎，都是在美國土生土長的亞洲人，其中一方的父母來自廣東。為了迎合長輩的口味，新郎安排結婚晚宴在華人區一家酒樓舉行，yes，牆上有條龍的那種。侍應都講廣東話，新郎準備的背景音

樂歌單亦有不少廣東歌（他從來沒有在香港生活過，卻因家裡
講廣東話而對廣東歌有份超越想像的共鳴），忽然，我好像回到
香港。我們就在一個與外面隔開的小宴會室裡，五、六圍枱，
沒有舞台，沒有聚光燈，只有其中一邊牆落下的投射螢幕，全
晚循環播放著兩個新郎的照片，有他們二人自己的，也有和在
場不同朋友無聊耍廢時隨意亂拍的，就算你不認識相中的每一
個人，也會感受到每一張相的真摯。這天到來的賓客，都是新
郎哥們在不同人生階段認識，現在已經散落到不同的城市工作，
最遠的甚至定居在比香港還遠的紐西蘭，在這個小宴會室裡，
吃吃飯，聊聊天，看看放映片上充滿溫度的拍照片刻，大家都
能真正深入對話。

　　特意寫一篇文章講這個婚禮，用意是什麼？一場朋友之間
的晚宴不本來就是暢談相聚的時刻嗎？本來是，但在我們認知
的主流婚禮文化底下，好明顯絕對不是吧。我們去過幾多婚宴，
除了被叫上台影相那一刻講句「恭喜晒」，新人敬酒時起哄叫
囂幾句，和最後送客時得到「招呼唔到」之外，就再沒機會和
新郎新娘有任何真切的交流。要像我們這次在博物館裡有可以
update 近況的機會，在香港平時的婚禮，簡直是天方夜譚，可
以在真摯的相片陪伴下食飯，也比觀賞只播放一次的成長片段
和剪法千篇一律的早拍晚播有意思得多。我很想說，其實婚禮，
真的可以很不大龍鳳。

　　和這個是同性婚禮有關嗎？可能如我開頭所說，同性結婚

都因為種種原因而免得鋪張？也可能是同性伴侶本來就已經習慣行為毋須下下切合「大眾」期望，我的婚禮我的事，你管我？不過我覺得最重要的是，聽過他們的誓詞，知道雙方在茫茫人海中，仍能力排眾議，擁緊對方找到愛的經過之後，我知道此時一切所見的，背後都是得來不易，於是這天的每一個細節，都令我感動特深。我很興幸自己在防疫措施的淹浸之中，仍然選擇參加這場婚禮，見證到一個這樣溫馨的慶祝。

題外話，就是因為要參加婚禮，我才向電視台提出順道拍攝一個美國旅遊節目的，《放浪美利堅》隨之誕生。你說我是否真的要感謝新郎哥們的邀請？

截至 2023 年四月，世界上承認同性婚姻的國家，有三十幾個。
然而從婚姻定義中明文排除同性婚姻的國家，同樣有三十幾個。
平行時空，絕對不是科幻概念。

✈ 1.5 當返香港本身就是一場旅行

打開 IG，這個朋友在印尼泰國，那個朋友在英國德國。世界真的重開了。

那種重新見到世界光明的感覺，我希望我人生只需經歷這一次。2022 月三月，世界各地陸續開關，很多地方只要有符合要求的打針紀錄和陰性證明就可免隔離入境，不少甚至是二選一就可。餓了整整兩三年沒有拍旅遊節目的我，當然是馬上出發啦 right？

是的，除了回來的路⋯⋯比較繁複。我疫後第一個 trip，也就是拍《放浪加勒比》的那一次，回來香港，簡直是披荊斬棘。

就由法國做起點講起。我本身人在加勒比小島聖馬丁，必須經巴黎轉機才能駁得上其他回港的航班，不過因為買機票時法國還是禁飛的，要返香港就不能在那裡逗留超過兩小時，所以我硬加了德國法蘭克福一站，一落地巴黎，一小時後就馬上轉去德國。結果聖馬丁去法國的飛機給我好死不死剛好 delay 一小時才起飛⋯⋯好彩飛機最後仍能準時到達巴黎，我趕得及轉去德國。

但我知道這只過了第一關。

接下來就是法蘭克福返香港，我的行程先是 layover 六個鐘，飛三個鐘去伊斯坦堡，再 layover 七個鐘才上機返香港，是咪聽到都已經要吪吪？無辦法，本身預訂的另一班航班被熔斷

之後（還記得熔斷這件事嗎？），這條路線是我剩下來的唯一選擇。慶幸的是，法蘭克福和伊斯坦堡機場都運作如常，人來人往，商店全開，時間都不太難過，但心情就是沒法子放鬆，因為四個字：隔離酒店。當時的隔離酒店又貴又難book又難改是常識，如果這兩班機是旦一班delay或者cancel，我都隨時會錯過訂好的日子，要再改期就應該要幾個星期後才有，那就真的返港無期了，求神拜佛……

好彩，旅遊大神庇佑，一切順利，我成功到達伊斯坦堡閘口準備登機！但這班航班和其他航班的boarding程序不同，因為香港的入境要求嚴格，航空公司要額外派四、五個職員去為乘客逐一檢查四、五份文件，確保全部妥當才能放行。

哪四、五份？打針紀錄、隔離酒店預訂證明、健康申報表、四十八小時內核酸檢測陰性證明、檢測機構資格認可證明……

　　檢測機構資格認可證明！

　　所有文件都於三個鐘前在check-in櫃台檢查過一次，唯獨這個「檢測機構資格認可證明」，來到閘口最後一刻才check！當時的香港入境需知網站的而且確有這一項，但從來沒有人提過關於這份證明的事，我就以為只要確保在合資格的地方做檢測便可，況且，這次去了超過十個機場，哪個目的地除了陰性證明還要陰性證明的證明？！好像沒有。就只有香港。

　　我沒有準備到這件文件，而我就在閘口。距離飛機起飛時間，只剩半個鐘。

　　我不是唯一遇到這樣狀況的人。那四、五個負責檢查的航空公司職員，會把證明不齊的乘客攔住分到一邊，有的像我一樣沒有意識到要準備，有的則準備了，但規格不被接受。職員會現場用電話把覺得有疑問的證明拍下，再立即WhatsApp給香港相關人員，實時查問證明是否許可，是的，真的就用WhatsApp，我覺得很誇張。你遞他文件，他又遞你電話電腦，那種精神緊張，尤如電影入面趕住出突發新聞的報紙編採室一樣，眼見其他閘口都平靜地登機，我簡直不敢相信自己的眼睛。

　　被下令站到一旁的我十分慌張，來到最後最後一關，不能

上不到飛機！我馬上上網找聖馬丁島那個化驗室的資格認可，它的官網沒有寫什麼，但網上卻有不同的官方報道，說那間實驗室是世衛認可的檢測場地，我立即把電話遞給其中一位職員，他亦很有效率，立即幫我 WhatsApp 問香港。

不過得到的回覆是：不行。這個證明不是證明。

怎麼辦？我不知道。我只能繼續發慌地搵。大部分乘客從比較大路的地方回港，找證明都比較容易，職員們甚至有一個小寶庫，收錄了不同主要檢測機構的認可文件，沒有準備好的乘客只要是用了其中一間，職員就可以給他們一份現成的，然後放行。聖馬丁？誰在那個時候要由聖馬丁返香港啊？沒有喇，就只有我咋（本身同行的導演和攝影師都不是立即返港，沒有同行），我覺得很無助。

極好彩，最終我是上到機的！靠的是當場其中一名職員，他在我躊躇之際，把電話屏幕遞到我面前，上面顯示的是一件文件，他一直往下掃，有六、七頁長。

「這是你化驗場地的認可資格，上機吧，到達香港後會有職員給你一份 hard copy。」

我不知道他如何找到這份文件，也不知道該如何感謝他，更加……沒有很多時間感謝他，因為閘口快要關！本身經過一輪超過二十四小時的 transit，我已經很累，現在忽然來一個突

擊，我真身心都想崩潰，幸好最後總算逢凶化吉吧。再過十四個鐘，我終於返到香港。

以為可以放鬆下來？還未，詭異的下半場才剛開始。

一到埗走入香港機場，空氣立即凝結住，四圍除了嚴陣以待的防疫團隊，就是圍封帶、警告和指示牌，空蕩無人和嚴厲警告釋出的冷冰感，和之前經過幾個歐洲機場的熱鬧形成極度鮮明的對比，令人感到極不自在。

入境程序第一步，是檢查馬拉松，圍封帶圍出來長長的一條蛇餅通道，沿途是各式各樣的「關卡」：再check一次剛才

的四、五份文件、拿檢疫座位編號、做PCR、核實同行人數、即場打俾你驗證電話號碼慎防你報假電話……還有一些不太記得要check什麼的，總之就是一個接一個，效率很高，直頭到達流水作業的程度，只是一路行一路有種戰兢，彷彿我做了件什麼錯事，需要被人反覆檢查。

之後，工作人員告知我可以拿一些小食和水，到等候區等待PCR結果。等候區有幾百張枱櫈，一列列排得很整齊，每個櫈背都有號碼，佈局很像一個final exam hall。我和這班機的百多人就各自在頸上掛著自己的號碼牌，在被assigned的號碼座位上等候，全程基本上都一語不發，氣氛莊嚴得離奇。一等，就是兩個幾鐘。

終於，我得到答案，是negative。可以走。

但不代表一切會變得輕鬆一點。雖然e-道還可以用，過關很快，但之後的每一步，我仍然是處處被規範的小豬：拿行李前會被大聲「提示」要拿濕紙巾抹篋；排隊等指定的旅遊巴去隔離酒店時會有圍封帶封住隊頭，以防有人逃走；到車來要去搭較，見到空較也不能入，要等某方指示確保「clear」才可；落到地面準備推行李上車前，會再有穿著全副隔離武裝的人員用大型消毒槍噴你個篋。雖然剛剛才test了negative，但我們還是被視為一個個行走的生化危機，大概嚴謹就要嚴謹到尾？

最後，在飛機落地之後的第五個鐘，我終於終於到達隔離酒店，由聖馬丁起飛開始計，是長達四十六小時各式各樣的有栖式障礙賽。上到房間，在房門前等著我的是一張膠凳和一個飯盒，感覺依然冷冰，但起碼，我終於可以休息——一連七晚的隔離生活，正式開始。

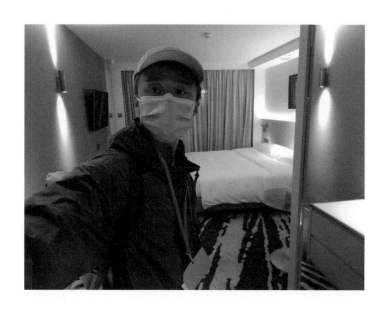

故事就到此，沒有什麼教訓，只是我相信，這樣的回港經歷很有時代意義，大概之後不會再遇到，很需要在此書記錄一下。那時我最大的感受是，整個旅程去了這麼多地方，最難去的，竟然是自己屋企，說起來，還真科幻。Just so you know，2022 年初的旅行模式，就是如此。

截至2023年三月，土庫曼（Turkmenistan）是全世界唯一
COVID個案為零的國家，執筆此刻，仍然禁止遊客進入。
真的，很有堅持。

Chapter 2

再一次，海外拍攝

✈ 2.1 牙買加人好懶㗎喎

疫情後第一個節目的第一個目的地，就是加勒比海島國牙買加。當時的目標是要選些香港人一定聽過，但又對當地近乎零概念的地方，牙買加，完全中哂。

然而安排牙買加的拍攝行程，卻使我差點爆頭。以下是我和牙買加交手的連環不幸事件。

首先由出發前講起。和以往的旅遊節目不同，這次《放浪加勒比》以「每個島試一份工」做主題串連整個過程。要跟當地老細打工，當然要事前聯絡好，四個「試工」體驗，三個都爽快約好，信息更有來有往，唯獨牙買加，一直未能找到願意合作的單位。問過的十幾間度假村、海邊餐廳以至遊艇體驗公司，一間快速婉拒，兩、三間「有回覆」，但大概問四句隔兩星期才覆一句，其餘就是直接完全無視，零回應。到底他們是集體沒興趣又懶得回覆，還是集體都不檢查信息？我不知道。

最後找到願意一起拍攝的一間，屬第二類，溝通過程可謂十分艱鉅。每次發問都要追問才有回覆就基本啦，有時辛苦得來的回覆，更是模稜兩可到迷幻。例如我提議一個拍攝時間表，並提出幾條關於他們酒店日常運作的問題，以便知道時間表是否可行，但對方的回覆竟然是："Not sure…?? We cN work with your plan…keeping it simple ."

對於自己的酒店運作not sure？！打錯字，大小楷那些是

沒有問題的，但對於四條簡單問題只答個 not sure 點點問號問號……是什麼玩法？我在想會否是語言問題，但英文是牙買加的官方語言之一，根本當地見到的所有文字都是英文，應該不存在對方看不懂的問題吧？看到他的回覆，我哭笑不得，最後只好確認一次時間日期就算，其他……到場再談吧。

不過又這樣，他們始終是唯一答應拍攝的牙買加公司，最後拍攝也順利完成，我還是真心跪謝的。

而那只是迷離的開始。度假村之後，下一個行程就是走入農村了解當地生活模式。那天早上，導遊來接我們，遲了一點，但大家都說，遲到在牙買加是平常事，我也沒怎樣，只是覺得他的狀態……不太對。他雙眼微紅，流露出淡淡的放空感，是典型剛吸完大麻的模樣。在牙買加，大麻已被去刑事化，更是 Rastafari 拉斯塔法里文化裡面不可或缺的部分，導遊自己也是拉斯塔法里人，會吸大麻一點都不意外（關於牙買加、拉斯塔法里和大麻的更多，請看之後文章「牙買加與大麻」）。

……不過，他正在工作當中？

全程三個鐘的農村 tour，他手裡基本上都拿著一根大麻，燒完了不久就換上另一支，興起時會丟低我們，自己在一角吞雲吐霧，有時走到不知道哪間屋子見到好友，又會自行坐低吹水，我們喜歡就加入一起傾偈，不想就自己等等。他的「迷幻」，

相信有看節目的話都感覺到，就是一整個半天，他肉體都與我們同在，但精神，彷彿一直不在。

接著我們來到牙買加首都，Kingston 京士頓。我覺得最伏的事，來了。

京士頓的 Port Royal 皇家港在十七世紀加勒比海盜橫行的年代，曾經是一大海盜重鎮，最偏最邪的都可在那裡找到，之後一次地震令整個海盜城被海水吞沒，從此海盜古城變成海底迷城。1969年，有人在此處找到一隻 1686 年出產、時分針停在 11:43 的陀錶。今日，它是一個尚未完全發掘，需要申請許可才可進入的潛點。

我當然想看這個神秘的海底迷城。以香港電視台來拍攝節目的原因申請，亦不無可能？於是我出發前就嘗試上網找有在皇家港搞潛水的潛店，找到一千零一間，就算是香港時間凌晨四點，也馬上 send email 過去查詢，出乎我的意料，第二朝起來就有回應！負責人 Jaedon 說他們有幫攝製隊做潛點搜索的工作，也可以幫我向相關部門申請潛水底古城的許可，著我把我們的潛水資歷等資料傳給他。我興奮到不行，即日就整理好資料回覆了他，開始申請！為了更了解情況，我還問了他一些關於申請程序的問題。

怎料一下激情過後，他就突然消失於人海之中，連續多天

都沒有消息。我禮貌地追問過兩次不果，超過一星期後我決定換個方法，DM他們的IG。

結果我得到Jaedon本尊親自回覆，他說今天很忙，會回答。句號。

我還連忙多謝他百忙中仍然抽空幫忙。

兩日之後，我收到他的email跟進，內容卻和我預期的有點不同，他說他打算帶我們到Port Royal附近的沉船和珊瑚礁，又問我們會不會想去紅樹林，最後才提到古城部分：他說這封email已同時CC了給負責審批准證部門的同事，她會告訴我如何開始申請。

欸？所以之前等了的十天，他都沒有幫我們展開過任何申請程序嗎？然後，我們的古城潛水計劃怎麼突然變成探索沉船珊瑚紅樹林？他似乎沒有認真對待過我這個案子，而到他真正回覆時，一切都已經太遲，根據審批部門的資料，我剩餘的時間已經不夠去作出申請。我亦只好改變計劃，轉去潛沉船，起碼沉船和海盜兩件事，聽起來有一點關聯？

於是京士頓皇家港潛水當日，我們六點幾準時到達集合地方，卻只見潛店的人神色凝重。

他們說今天海面風太大，出不了船，潛水計劃要告吹。

我楞住了。告吹……？！作為一個潛水人，我知道因天氣而要改變甚至取消行程，是平常事，但我亦知道，天氣狀況一般有跡可尋，甚至有大概預測，很少在毫無預警下會由風和日麗一秒變得完全不適合潛水。我問在場的 Jaedon 近來的天氣是否都如此飄忽，他說是，我就更納悶。有幾個外地人特意來皇家港潛水，你是知道的，這些外地人到來是為了製作電視節目，是工作，你也是知道的，你說樂意合作，你的潛店又以皇家港為基地，熟知本地情況，知道這幾天天氣不穩，竟然不打算早一點告訴我們，好等我們可以想個 Plan B？就算只早一日甚至半日都好吧。現在大家站在碼頭，米已為炊，可以怎樣？我更馬上回想起 Jaedon「幫忙」申請水底古城准證一事，他到底奉行怎樣的一套處事方式？他給我的報價可不便宜啊，一個早上用普通快艇做三個船潛，六百美金。

　　不過比起爭論，我只想解決問題，節目不能沒內容，我苦苦追問會否仍有適合下水的潛點，才得到一個潛沉船的機會，也就是大家節目中見到的畫面。和我最原本想拍的差很遠喇，但至少「可出街」的體驗還是有的。只能說，我盡力了。

　　出發前，我曾經興奮地告訴朋友我疫後第一個拍的國家是牙買加，當時朋友第一時間笑說：「牙買加人好懶㗎喎！」這絕對是一個 stereotyping 甚至 racist 的評價，那時我亦不置可否。但自己去過一次，經歷過各種遭遇之後，腦內竟再次浮起這句話。我不敢、不想也不應為他們貼上任何標籤，但處理這次牙

買加行程，真的，我都不知死了多少腦細胞。

　　這個故事，送給那些以為拍旅行節目就是收錢去旅行的人。自己去旅行發掘未知，叫人很興奮，但拍節目拍攝未知，可以很痛苦。搞旅行節目，一點都不輕鬆啊主席。

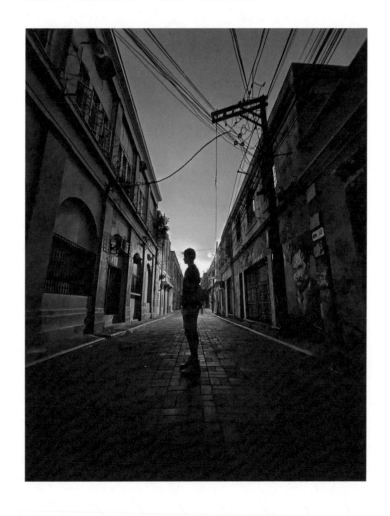

世界上只有兩個國家的國旗沒有紅、藍、白當中任何一隻顏色，一個是西非的毛里塔尼亞（Mauritania），另一個，就是牙買加。

✈ 2.2 牙買加與大麻

說起牙買加，香港人應該會想起百米飛人。

然而在西方，牙買加還有另一個根深蒂固的形象——它似乎是大麻的代名詞，彷彿那邊是大麻天堂，去到哪裡都有人光天化日下「隊草」似的。這樣當然是有點誇張，但我出發拍《放浪加勒比》之前，的確找到不少關於牙買加和大麻的內容，更看到有當地人搞本地團，帶遊客去合法的大麻田參觀。

老實講，我好想拍。做旅遊節目其中一個慣常手法，就是從這些大眾定型入手，由觀眾已知的東西做基點，和大家一齊在地認識目的地。況且香港節目有內容以大麻做主題喎，聽起來頗有 talking point ？當然，大麻在香港絕對不合法，廣播條例也不容許電視節目鼓吹不合法的事，但我想，大麻的確是牙買加文化的一部分，用一個報道實況的角度去拍，不贊同、不鼓勵，可以嗎？

結果當然還是不行，經過一輪查問，他們說我做的是旅遊節目，不是新聞節目，就算我如何「報道」真實情況，都不行。那好吧，我唯有乖乖放棄了。

哈。不要緊，我在這裡分享一下，可以了吧。

首先，我們要解構一下牙買加和大麻的關係。吸食大麻人口比例比牙買加更高的國家絕對有，大麻在牙買加甚至並不完全合法，但牙買加和大麻那種說起一就會想到二的互聯關係，

卻近乎獨一無二。到底發生過什麼事？

先來一堂歷史課。

十五世紀末哥倫布發現牙買加，不久牙買加就成為西班牙的殖民地，隨之進入這個熱帶小島的，還有基督教、甘蔗種植和非洲奴隸。百幾年之後，英國從西班牙手中把牙買加搶過來，長達三百幾年的英國殖民時期正式展開，英國人把牙買加變成世界蔗糖出口中心，甘蔗園人手需求越來越多，奴隸進口也更加猖狂。

非裔黑人慢慢成為牙買加人口的大多數。直至二百年後，奴隸制度被廢除，但牙買加仍然處於英國殖民管治之下，黑人地位比白人低微，於是在1930年代，大部分已為基督教徒的牙買加黑人群體之間，冒出了一種思想，他們不願再被白人壓迫，以非裔身份為榮，同時奉信當年剛上任為埃塞俄比亞國王的塔法里王子Ras Tafari（Ras是王子的意思）為耶和華轉世或大先知，群體名字亦因此叫做Rastafari，簡稱Rasta，它既是一場社會運動，也是一個宗教。Rasta提倡天然生活，奉行素食，而且不剪頭髮，束辨識度高的dreadlocks頭。最特別是，他們都視大麻為一種神聖草藥，認為吸食大麻能令他們更接近自己的信仰。

一聽到有宗教涉及吸食大麻，大家耳仔當然立即豎起啦，

但牙買加在世界舞台上不算大國，光一個「趣聞」，未必能把形象傳遍五湖四海，真正把拉斯塔法里形象帶到國際層面的，是流行文化。六、七十年代牙買加歌手 Bob Marley 揚名國際，成為雷鬼音樂的代表人物，因為作品充滿 Rastafari 的思想，拉斯塔法里和其吸食大麻的形象，亦因此被西方各地所認識。

Okay 我不是歷史專家，差不多這樣啦。

總之重點是，在很多人眼中，牙買加就等於拉斯塔法里，拉斯塔法里又等於 dreadlocks 和大麻，綑綁式定形，完美達成。那到底，這個 stereotype 有多準確呢？道聽途說不如親眼觀看，和你分享一下我的見聞。

我在牙買加第一次遇到大麻，只是到埗後第一天的事。那是度假村試工體驗的第一個拍攝日，我們中午到達，和負責人傾好安排，拍完執房再吃個 late lunch，已經四點幾。距離下一個侍應試工體驗還有個幾鐘頭的時間，又剛巧是黃昏光線正好時，我決定在水吧買一支牙買加國民啤酒 Red Stripe，和導演、攝影師拍些海邊嘆世界鏡頭，畢竟拍旅遊節目，mood shot 很緊要的。度假村向西，從餐廳露天位置望出去，就是一個落日和一望無垠的加勒比海藍，嘩，好美。疫情之後第一次出國，兩年幾內終於第一次感受到毋須戴口罩的快感和欣賞到外國水如寶石的藍，感覺既陌生，又熟悉，更有種感動，原來世界，還可以是這樣……

我坐在露天位置邊欄的壆上，四圍張望起來，開始留意到
附近的擺設——其實也沒有什麼擺設，除了枱櫈，就是幾盤植
物，但這些植物，似乎有點奇怪……不像我平時見慣的擺設植
物，形態很獨特。我走近一點看看，細而長的鋸齒葉，一條一
條的從植物的莖部利落地散開，呈現出標誌性的傘狀，噢，是
大麻。攝影師和導演馬上放低手頭上的工作，上前一同細看，
相片見得多，幼苗都有見過，一盆茁壯的大麻植物，卻真的是
人生首見，竟然就平凡地放在餐廳裡面！

雖然在牙買加，自行種植五盆以下的大麻植物是合法的，可我還是很驚訝，平時餐廳放盆栽多數放天堂鳥、龜背葉那些，新年可能會放盆桔，這裡，是大麻，大人小朋友任何旅客經過，都可望到。似乎大麻在這個熱帶小島真的就這樣稀疏平常？

第二次遇到大麻，在山上的拉斯塔法里農村，正如剛才所說，吸食大麻是 Rasta 感受信仰、連結信仰的方法，牙買加的法例亦容許 Rasta 因宗教原因吸食大麻，所以在農村裡找到這種「禁忌植物」，一點都不出奇。節目訪問到的一家人，當時後園就正在曬大麻葉，男主人更說他們的農地就在屋子十分鐘路程以外，我們想去看的話絕對歡迎。我們可能有好奇心，但我們更記得自己的拍攝任務，還有其他行程要趕，不能出街的，就別花時間做，還是禮貌婉拒邀請好了。

見到有人種大麻，當然也見到有人吸食大麻，當日同樣是 Rasta 的農村導遊，其實鏡頭後近乎全程都在煙駁煙地「呼吸」，詳細故事在篇章「牙買加人好懶㗎喎」提及過，反正我想，他就是整天都和信仰十分接近吧。

另外一次，就在牙買加首都 Kingston 京士頓。我們為了拍攝牙買加城市化及地道的一面，請了一個導遊帶我們遊走鬧市秘點。雷鬼音樂唱片「博物館」、投注站、塗鴉區、社區足球場這幾部分都有出街，因 airtime 所限而沒有在節目裡播出的，是當日行程的最後一站——導遊把我們帶到一個 Rastafari 音樂人

的聚會,他們在聊天,也在「隊草」,那個stereotypical的「牙買加畫面」,出來了。

以我的理解,前者在公眾地方吸食大麻,牙買加現時的法律是不容許的,不過農村地方,又是拉斯塔法里地頭,大概沒人會理吧。後者在私人地方使用,則似乎是合法。

依我幾天的觀察所見,在Rastafari群體裡,「隊草」的確有可能是生活日常,但儘管Rastafari很牙買加,現時牙買加真正自稱為Rasta的人,其實只有不夠總人口的十分之一,說大部分牙買加人都是「大麻分子」,顯然無視了「沉默大多數」,不太恰當。

雖說如此,那間老少咸宜的度假村裡的一棵大麻盆栽,似乎在告訴我們,大麻植物在非拉斯塔法里地方都不是禁忌。

我沒有鼓吹什麼的意思,大麻在香港亦不合法,大家不要亂試。只是世界各地文化傳統可以很不同,我們就算不跟從,也應該要了解和理解,這樣才不至於一世待在小城的規範裡,成井底之蛙。

截至2023年三月，全球只有三個國家明文允許大麻售賣和娛樂用途使用。它們是烏拉圭、加拿大和泰國。

換上長褲，我準備拍攝在牙買加 resort 的第二段試工體驗，做餐廳侍應。

「嘩，好熱啊大佬。」

牙買加是個熱帶地方，沒有冬夏，只有雨季和旱季之分，在海邊地區著長褲，近乎是一個挑戰，沒辦法，始終是一間 resort 的服務性崗位，還是要有點形象，幸好差不多日落，最熱的時候已過。

有看節目的朋友都知道，這座 resort 並不奢華，甚至可以說和我們一般認知的「度假村」之間存在著一種會令你忍不住吐糟落一句「吓？這是 resort？」的明顯落差。它的房間數量不多，而且偏舊，外牆都是用油漆手塗的，不難發現牆身崩裂破皮；泳池只有內圍裡小小的一個，沒有海景，更不要說什麼 infinity pool。一查之下，原來這裡已經有五十幾年歷史，對比起近十幾年蓋的峇里式 resort，這裡絕對算是其貌不揚。不過它又有一點大酒店沒有的自家小本經營 feel，cute cute 地，總算有它的 market。

雖然不是什麼大牌高級餐廳，我試工前心情還是緊張的。一來因為剛拍完的第一段試工環節沒有像預期般高潮迭起，從製作角度，我需要盡力把這段弄得更具娛樂性；二來這次一日侍應雖然是「扮」的，卻會招呼真客人……是真金白銀特地飛

來牙買加度假的外國人！喂，別人一心一意來放鬆，我憑什麼去滾搞別人？主管給我的「事前訓練」不就是幾分鐘的基本briefing，I mean，他願意這樣給我試，我很開心，但絕對也是壓力山大。做錯事怎麼辦？打爛嘢怎麼辦？倒瀉湯在客人身上怎麼辦？

答案是沒有可以怎麼辦，就用common sense去做囉，唔係點？（其實是咪世界上大部分工作都是這樣？）

很快，主管就把剛坐下來的一枱客人分配給我，一男一女兩個白人，目測年過六十，應該是一對老夫老妻吧。他們就靜靜地坐在近海的一張枱，邊望著海景邊等待侍應過來。

Oh well，算他們時運低，他們的侍應，就是從未做過侍應的我。

不過拍攝方面我倒是頗有經驗。我拿著兩份餐牌走過去，請他們點菜，同時介紹自己，並問他們一條相當重要的問題。

"So I'm not an actual server here, but a travel show presenter. I am here today to pose as a server for a show. Do you mind being filmed while I'm serving you?"

我們都知道，consent 最緊要。

他們相視了一下，笑了笑。

"Sure, why not?"

從他們的口音聽來，他們是美國人，美國人似乎普遍都這樣，不問的話拍攝萬萬不行，問了，多數可以。

接下來的事，就是節目出街的內容了。他們對餐牌有疑問，我瘋狂失憶記不住他們下的單，要廚房餐桌來回跑幾次去確認，不久餐廳亦開始來了其他客人，主管見我表現出色到這個樣，亦不怕叫我多處理幾枱。同一時間，我在招呼三枱客。都幾好吖，他們員工少做一點，我們拍節目又可以多拍一點鏡頭，一家便宜兩家著，難得又沒有一個客人介意被拍。

很快，幾枱客都差不多吃完，我要拿帳單去幫他們埋單，導演叫我收錢時順便問問客人今天我的表現如何，再wrap up 一下，就完成今天的拍攝。

我三枱客人都是美國人，當年在美國讀書，只要穿得稍為正常一點，朋友就會送句"Nice shoes!"、"Nice jacket!"；去餐廳食飯，我覺得是正常味道的食物，他們都會盛讚"Oh god, this is so good!"現在你一個侍應去問他們自己表現如何，只要你沒有一隻龍蝦兜頭車埋去，他們基本上都會給你世一的讚美，這是他們的文化。

結果當然如我所料，後面接手的兩枱客，都給我做得很足的讚美，大家說說笑，再寒暄一兩句，互相交換"Enjoy the rest of the night"之後，對話就完。唯獨剛剛提到的老夫老妻，讚美後還主動想和我繼續聊。

"How long are you here for?"

我說其實我們昨天才到，而且拍攝行程緊湊，只留幾天就要離開。

對於他們來說，這種旋風式工作旅遊，是理解不能的。牙買加對美國人來說是個度假地方，大學生可能來這邊狂歡過 spring break，剛結婚的可能來這裡度蜜月，就算只留在海邊 resort區，一留通常都一星期吧。說工作，他們更不會有香港

那種快來快去的節奏。一隊拍攝隊坐幾程飛機，山長水遠來到度假天堂，留幾天就走？有事嗎？他們覺得我的計劃有點狂，於是繼續追問更多。

其實我們都拍攝了一整天，東奔西走，時差都沒有機會調好，來到天已全黑的時間，身心都累，只想快點打個圓場，然後早點熄機休息。可是兩公婆畢竟願意讓我們拍，沒有他們可以說這晚也成不了事，俾吓面都要吖係咪先？就算想鬆人，也應禮貌和他們傾多幾句。

於是我繼續留低和他們聊。

他們問到香港的旅遊現況如何，又告訴我他們在2019年去過香港後對香港的印象（很正面的，Hello Hong Kong），更說打算接下來去紐西蘭，是一對很愛周遊列國的夫妻。不過講到尾，他們最愛的似乎還是牙買加這個小島，或者應該說，他們最愛我們現正身處的這間牙買加resort。丈夫說自從1981年第一次來過之後，就很喜歡這座小型度假村，一直有回來，1988年他更在這裡邂逅他的真命天女，也就是現在坐在他身旁的太太，之後二人有機會，也會回到這裡度假。

What?

他淡淡地說，我卻十分驚訝。

「就這裡？你們於 1988 年就在這一間度假村相識？」

「是的。」

原本想盡快收尾的我立即回過神來，像被震撼彈掉中額頭一樣不敢相信。這對滿頭白髮，和我交流了一整晚的夫妻，他們的愛情就是於 34 年前的某一天，在這 exact same spot 上萌芽？而我從半個地球以外飛過來工作，又剛好與他們相遇？

這是多麼的甜蜜，又有多少平行線在交錯啊。

由輕狂到白頭的愛情，從來令人動容，我的腦海裡立即編織出他們的愛情故事：年少的他們，因為對牙買加的愛而結緣，如今年華老去，仍然嚮往和同一個人，在同一間 resort，欣賞牙買加同一個海景。想到這裡，我毛管都戙。這對老夫妻不止對人長情，對地方亦然。牙買加絕對有其他比這間精美得多的度假村，但他們卻只想一次又一次地回到這個最初的起點。你可以說是保守，是悶，但我選擇把這理解為對初見一刻的無限緬懷，兩人到白頭依然美滿溫馨的確實證據。一個地方，一見，就一世，望著圍住餐廳兩邊簡單的小燈飾，這座低調簡樸，其貌不揚的度假村，好像忽然多了一份浪漫。

「我很榮幸這晚可以做你們的侍應。」我笑著說。

這是我向他們道別的說話，也是我由衷的感覺。這次侍應之緣，似乎不是他們時運低，是我時運超高才對。誰會想到來

牙買加做個一日侍應，體驗文化搞搞笑，最後會因為一對素未謀面的老夫妻而得到內心的小感動？

幾個月後，我在美國見到一對多年沒見的大學朋友，他們告訴我幾年前結婚之後，幾乎每年都會回到夏威夷同一間酒店度假，因為他們太愛那裡的所有。我馬上想起這對在牙買加度假的夫婦。美國人對度假地點的長情，可能不只是個別例子，在快來快去的香港，又有多少人能在旅行中展現出這種深情？

牙買加是美國人心目中排名第三的熱門蜜月勝地，僅次於墨西哥和夏威夷。

香港人最熱門的蜜月勝地？

日本。

Surprise.

✈ 2.4 雞蛋仔與鯊魚包

　　我的旅遊節目，一向sell「真」旅遊，通常不會特意安排過多情節，更不要說帶什麼道具，除了這一次──很多觀眾都記得，我在《放浪加勒比》節目裡，為了在千里達整雞蛋仔，從香港運了一個雞蛋仔夾去加勒比。

　　一切要由出發前個幾月說起。千里達出名街頭小食，我想這個小島的試工體驗，也和地道小食有關，上網一找，竟然找到個官方的鯊魚炸包小食檔名單，他們全部都集中在千里達最有名的海灘Maracas Beach旁邊。我逐個在社交媒體搜尋，發現一間叫Natalie's Bake N Shark的看起來似乎不錯，就冒昧發個信息聯絡。他們規模就類似是一間快餐士多，沒有官網，也沒有email address，我發的信息，是Facebook message。

　　Whatever works, right? 對方幾個鐘頭後就回覆，更爽快答應一起拍攝！太好了。

　　他們一直是我眾多需要聯絡的單位之中，回應速度最快、內容最完整的一個，信息裡更不乏感嘆號或表情符號等等表示雀躍的蛛絲馬跡，不止爽快，還堪稱態度熱烈。這種正面的反饋，更推動我多想一步：學做他們的鯊魚炸包當然有趣，但只得一種食物，交流可能不夠立體，節目內容也似乎不夠飽滿，不如我也教他們做一款香港小食，讓他們認識一下香港也相當出名的小食文化？這涉及到要使用他們的爐頭和其他工具設備，但他們沒有猶疑，沒多問什麼，覺得聽起來好玩就一口應

承了！於是去千里達整雞蛋仔計劃，橫空出世。

　　我開始著手張羅，一個周末，我特地去了上海街，尋找不
接電的雞蛋仔鐵模夾，還找到個可用來把雞蛋仔卷起放好的小
鐵架，同一時間，我亦和小食檔那邊保持Facebook聯絡，確保
他們的設備可以支援到雞蛋仔製作。原來我一直說的「他們」，

是一個她，一個還在讀書的女生，名字叫Adesuwa，是舖頭名裡那個Natalie的女兒。她近年開始幫忙打理小食檔的社交媒體，碰巧遇上一個香港電視台的拍攝邀請，覺得特別興奮。難怪一直以來的對答都充滿熱情和正能量，因為對方是一個才廿歲出頭的年輕人。

在家裡反覆試驗，出產過無數塊燻黑到像被魔鬼吻過的雞蛋仔之後，我帶著一盒自己預先混合好的雞蛋仔粉，一個雞蛋仔夾，一堆零星架撐和一半的信心，出發去加勒比，先來幾天牙買加，接著就是千里達，才落機後第一天，馬上就是小食檔試工的拍攝。

那天是星期天，Adesuwa 說周日人流較多，我們更容易拍到來海灘的人排隊買包的熱鬧情況，難得她又不怕客人多，我們會影響她做生意。我換好小食檔的制服，就先跟員工學習整他們的鯊魚炸包，這部分節目都交代得頗完整，我亦不打算再細述，總之我在廚房幫忙做包，Adesuwa 則負責在櫃面落單收銀，各有各忙的。

過了第一個高峰時間，Adesuwa 熱情地叫我先吃個鯊魚炸包，休息一下，順勢把身後的雪櫃門打開，叫我和導演、攝影師拿支啤酒喝喝，不夠就隨時再拎。我在加勒比幾個地方試工，就只有她把我們當客人招待，當然我們沒有真的「隨時再拎」啦，就一人一支，但她的好客，卻令我印象深刻。至於鯊魚炸包的味道嘛，包，新鮮炸起時很香很好吃，但炸鯊魚來說，老實講和一般炸魚的味道沒什麼分別，有些店舖甚至直接用一般魚肉代替鯊魚肉，神不知鬼不覺（我不是說Natalie's啊嘿），所以鯊魚炸包的分別主要還是食每間小店自家製作的醬汁。

節目出街時，試工部分分成兩集，真實拍攝，卻是一日過。肚子吃飽之後，下半場整雞蛋仔，正式開始！Adesuwa把廚房的一部分讓給我，就由我自己做，始終她還要招呼源源不絕的客人，很難分身陪我玩——而我也十分慶幸她沒有，因為我的雞蛋仔漿，弄了很久都不成功……只是簡單把我從香港帶來的粉末慢慢加進牛奶、雞蛋和水的混合液當中，分量和加

粉速度都一早在香港試過幾次了，但不知是否太心急、他們的方形鐵盆不合適，還是根據拍攝定律，鏡頭下所有東西都會出錯，我打了很長時間，粉漿仍然是充滿微粒！好彩Adesuwa沒有興致勃勃的走來 "Hi guys, how is it going?" 咋，不然之前我信誓旦旦跟她說要和她們來一個小食文化交流，又從袋子裡拿出一大堆這些那些，看似極大陣仗，最後卻被她看見我盆裡搞了半小時還只得盆嘔吐物，我就真的無地自容喇……

掙扎一輪，在導演和攝影師的幫助下，嘔吐物終於爭氣，變回外貌正常的蛋漿，那時已經差不多三點，人流開始減退，我再不快點做出製成品，把雞蛋仔介紹到千里達民眾這件事，恐怕未開始已經結束。於是我趕緊把工具和做好的蛋漿移到爐頭那邊，馬上著手燒雞蛋仔。

啊，我沒有跟你說吧，我大半個月前才第一次做雞蛋仔，平時甚至連下廚都極少。是哪來的自信要把雞蛋仔帶到加勒比？冇㗎，為了拍攝，硬著頭皮就試囉。我以為家裡已經試好火候，但來到現場，才驚覺小食店那種類似大排檔的爐頭，和家用的明火完全是兩碼子的事。我基本上要從頭掌握過感覺，一件黑、兩件黑……我扛住鏡頭的壓力，終於在第三塊，燒出一個微金黃而不焦黑的顏色！我立即小心翼翼地把雞蛋仔3.0從鐵模挑出，放涼一分鐘左右再試食，是香港街頭的味道！我做到了！由零開始籌備良久的事，終於達成！

哪怕蛋漿是由金蛋造成，一份雞蛋仔要好吃，最緊要還是趁熱食，興奮到模糊的我第一時間把製成品端給櫃台前的Adesuwa。

「我成功喇，我成功喇！快點試食，你不能不試喔！」

大概一小時沒跟我談話的Adesuwa回過頭來，看到我手中的"little eggies"，露出略帶驚喜又不失禮貌的微笑，她在我的指引下輕輕拔出其中一粒雞蛋仔並放進口中，咀嚼一番，評價是：soft on the inside, crispy on the outside.

外脆內軟，根本就是雞蛋仔的精髓，我終於可以說，我沒有辜負雞蛋仔。Adesuwa更開始幫我向客人推介這款是日限定的香港小食，她沒有交行貨，求其講兩句便算，而是幾乎向每一個客人都仔細介紹。有顧客願意嘗試，她就會微笑著向駐在廚房的我喊一聲"One more little eggies!"，彷彿打從心底裡替我感到高興，而我就是接到單的伙記，馬上動手開始做餅。

之前的鯊魚炸包部分主要由廚房其他員工領導，我只做輔助角色，現在，我卻是在後方擔大旗的一個，我突然覺得自己不再是Adesuwa的客人，而是真真正正成了為這間舖頭主動貢獻的一份子，那種感覺，很溫暖、很窩心。

隨著時間離lunch time越來越遠，顧客流量亦逐漸放緩，Adesuwa終於有時間，走過來和我聊天。她說她很想學整雞蛋仔，說時磨拳擦掌，臉上掛著招牌的親切微笑。看見她的雀躍，我更雀躍，因為我悉心準備的環節得到了賞識，也因為她似乎發自真心地欣賞這味香港獨特小食，這是我作為香港人的榮耀。她看著爐頭附近所有陌生的架撐，雙眼像小孩子看玩具一樣發著光，我就把蛋漿遞給她，和她由灌漿開始做起。由等待加熱的緊張，到反鐵模一刻的刺激；由判斷雞蛋仔是否全熟的疑惑，再到打開鐵模驗收製成品的興奮，Adesuwa都全情投入，那個看玩具的小孩子被釋放出來之後，就沒有再躲起來。這種「真」，竟然回歸到我想拍的那種旅遊的「真」，情節是刻意安排，但交流，是真切的，我很感動，更慶幸自己有花功夫為這一天準備，一切都十分值得。

我很欣賞Adesuwa的貪玩和好奇，我甚至覺得全世界人都應該要保持貪玩和好奇。Hey，你不貪玩，where is the fun? 你不好奇，how is progress going to take place? 說不定就因為Adesuwa的好奇，在她掌握到如何做雞蛋仔之後，千里達從此多了一款fusion小食？不少人問我這件事有否真的發生，老實說，我不知道，或者應該說我怕雙方尷尬，不敢問，哈哈。不如留待你們有人某天去千里達玩，去Natalie's Bake N Shark所在的Maracas Beach，幫我尋找答案？

千里達和多巴哥在2011年正式從「發展中國家」名單中除名，是加勒比其中一個最發達的獨立國家。

《放浪加勒比》播出十集，反應最好的是第九集，無他，就只因為那一集，我去了個天體沙灘。沒有看過節目又神奇地買了這本書的朋友，是的，我為了疫情後第一個旅遊節目，在鏡頭前天體了。片段出街後很多人問我感受，來來來，一次過！我在這裡交代來龍去脈！

這次節目其中一個目的地是加勒比小島聖馬丁，面積就只有十分一個新界那麼大，要拍夠兩集盡量精彩的內容，基本上就是有gimmick的都要拍，上網一看，聖馬丁北面的Orient Beach原來是加勒比最出名的天體沙灘！老實說，拍過都五、六輯個人旅遊節目，很多體驗都算試過，要找新的，能給自己真正震撼的，也越來越難，鏡頭前全裸上陣？我真係未試過喎。這個天體體驗，似乎沒有不拍的理由？

好，我的第一個關卡是……要告訴導演。這個年代，全裸鏡頭越來越common，在有些國家甚至可以說沒什麼大不了，但這次有點不同，一般演員都會說因為劇情需要，所以相信導演決定全裸演出，但大家都清楚知道我這個節目，所有行程計劃都是由我負責，根本就沒什麼別人，提出天體項目，基本上就是演員自己說「喂，我加咗個劇情俾自己全裸啊，你哋拍我吖唔該晒」，也未免太尷尬了吧！不過我知道要走就要走要夠膽講出口，腦內播放了一輪小劇場之後，就裝作沒事在WhatsApp錄音中向導演提出。

好彩導演也不是省油的燈，哈，幾年前，他就拍過另一個涉及「全裸」情節的旅遊節目，聽到我的提議，他沒有半點驚訝，只直接提出做法：「嗱，你去買一條肉色底褲，越貼近自己膚色越好，到時你著住，我哋打返格仔，效果一樣㗎咋！」

也對喔！反正無論如何都不能無格放映啦，為什麼不能著打底褲？至少穿著拍，我不會覺得我是個迫同事看自己裸體的變態。於是我趁出發前最後一個 weekend，四出搜尋肉色底底，果然，旺角什麼都有。花園街，十蚊，一條極薄透氣肉色四角褲入手。任務完成。

時間快轉一個月，來到到訪 Orient Beach 的大日子，我裡面著好打底褲，上面再穿泳褲，進可攻，退可守。我們的策略是這樣的，先穿著正常沙灘裝拍一個開場，然後去沙灘的天體區域找一個不會騷擾到人的角落，默默地自己脫下泳褲，講講在外國「天體」的感受，最後 chill 住飲下啤酒，拍幾個 mood shot，搞掂。不影響真正天體的人，我們又有鏡頭效果，簡單直接，十分好。唯一的不確定性是，海灘會否很多人？大家都在天體我們決不能拍攝吧。

結果天體區域，竟然近乎無人。可能是我們來得太晚吧，畢竟那時已是下午五點，太陽都快下山。失望是有點的，大佬，一點氣氛都沒有，更衰的是，在場的幾個人，基本上都有著泳裝，我們花了幾分鐘左顧右盼，才終於找到零星一兩個人是天

體狀態的，整個感覺，根本和一個普通沙灘沒有兩樣。但，都一場來到，還是照原定計劃拍拍我的「初體驗」吧，至少在一個近乎空的海灘，找個拍不到別人的角度不會很難？

來！導演攝影師準備好，我就開始背著鏡頭褪下面褲，但在沒有戲劇「角色設定」掩護的情況下，在鏡頭前做這系列解開褲頭繩、褪下褲子的動作，心裡竟然秒速湧出了一種「換褲都要拍，我到底拍緊啲咩」的搞笑感覺，怪怪的，哈。雖說裡面已有打底褲，但留意到剛才提到這條褲的重點嗎？「極薄」。就是薄到……僅僅不透底那種，在加勒比黃昏海風的強烈吹拂下，很少感覺到涼爽的部位，感覺到極其涼爽，親愛的大腦把這種涼爽，詮釋為不安全感。黐線好通風啊。

但似乎就這樣，我對鏡頭說了幾句話之後，就沒有什麼好做，始終我沒有真正在天體，說的只能是穿著肉色底褲聯想到的「偽天體」感受，似乎總差一點authenticity。我不想——也可能不懂得——浮誇地演些什麼，想了一想，我發現要解決這個問題，只有一個方法。

不如……真係脫吧。

哈，我終歸還是要迫同事看我的裸體嗎？我嘗試用認真tone向導演提出，又暗自盡力掩蓋尷尬地問「你們okay嗎？」、「鏡頭就到嗎？」之類。拍節目拍到這一個年頭，我終於深深體

會到，自編自演的尷尬。

但導演只回我：「你覺得okay就乜都得㗎喇～」說時按捺不住花生mode的微笑。

正所謂「我不尷尬，尷尬的就是別人」，相反的話，應該就是「我尷尬，別人就不再尷尬」了吧！既然尷尬總要有人來吸收，就等我來！於是，導演和攝影師按下停止錄影，我背著他們，就把最後的打底褲脫了。

真的天體喇！

我單手遮著重要部位，慢慢往後坐下，微冷的細沙貼著屁股的兩片肉，噢──比剛才的涼爽更加涼爽。導演叫我左膝曲起，另一隻腳放平，確認我準備好之後，就走到我十點鐘位置的前方，開始 roll 機。

嘩我緊張到爆！我知道很多人都試過在香港悄悄裸泳，在西方國家裸曬也不是什麼驚天大事。但現在我在上鏡啊！一絲不掛！又怕身形那裡拍得不好（雖然我知本身都沒什麼好看），又要表情管理裸著全身講感受，哈哈哈，好難啊！不過又好好玩嘅，我們都未試過這樣拍嘛。拍完感受就拍點空鏡，我拿著啤酒吹著海風盡量裝自在，過程生硬得來總算順利。

然而去到最後一 shot，導演還有一個提議：「不如就來個正面半身鏡頭吧，你講句 wrap up，就轉身衝向大海裸泳啦。」

好吖，這樣自由奔放地完結天體沙灘這一部分，好像也不錯吖。

就這樣，我站起來，雙手遮住該遮的東西（'cause you know，一隻手遮唔晒），光著身子就正面向著攝影機。導演說試當真，倒數三聲，我開始說話。

然後就在我說到一半的時候，攝影師突然把鏡頭往下墜，腰下的位置立即完整完美入鏡！嘩，你哋玩嘢喎！正如我所說，該遮的東西還是有被手遮住，但這樣也太攞膽了吧！導演和攝

影師都大笑，還說覺得效果幾好，提議不如來多一個take也這樣做。我想了想，哈，好啦，觸不到電視節目出街底線就點玩都得啦，就這樣吧！於是，我們把這件事重演一次，也成了天體沙灘這一環節以至整個第九集的最後一幕。

節目出街，那種尷尬×搞笑×奔放×玩樂的感覺，我很滿意，網上亦見到不少留言，其中我最喜愛的一個是：節目應改叫「放浪加辣牌」。疫情之後來一個小突破，也為節目製造一個記憶點，這次都可算叫為藝術而犧牲成功？

至於下一個突破會是什麼，well，再諗諗，再諗諗。

世界上最天體友善的國家，是法國，有接近四百個公共天體沙灘，還有二百幾個天體營地。
聖馬丁北面是法國屬地，啊，難怪……

✈ 2.6 冰上之神

《放浪美利堅》的第一個野外行程，就是在阿拉斯加的馬塔
奴斯卡冰川（Matanuska Glacier）探索兼露營。我本身對這一
部分就頗期待，一來我自己做的旅遊系列都從未試過去冰天雪
地的地方，拍了這麼多輯還有新鮮事，很難得；二來我背囊中
有差不多一半的衣服，都是為應付冰川環境而帶的，嚴陣以待，
心情自然緊張；三來，這個冰川體驗真・的・很・貴。三個人
住一個營，兩日一夜盛惠一萬七千元港幣。

Dear冰川，你最好給我好玩一點。

體驗的集合基地就在車路旁，試好裝備，我們就被載到五
分鐘車程外的一塊空地，等待直升機過來把我們送往冰川。基
地的人不會跟我們走，機師也不會留在冰川，他們說，我們的
冰川教練已在對面，我們一到，就會與我們會合。

經過一段風景很美卻只有十分鐘的機程，我們準備降落，從窗口望下去，見到不遠處有幾個帳幕，其中一個應該就是我們今晚的安樂窩。直升機降落點附近有個木箱，旁邊蹲著兩個人，其中一個身穿在冰川上顯得極鮮艷的shocking pink上衣，在螺旋槳掀起的強風下按著頭頂低著頭，等待直升機降落。直升機一著地，他們就馬上走過來幫我們開門，扶我們下機，並把我們帶到木箱蹲著，直到直升機離開，其中一位才正式介紹自己。

"Hi, my name is Warren. I am going to be your glacier guide for the coming two days."

厚實卻又溫柔的聲線，出自塗了口紅的嘴巴，對上的眼睛溫婉地望著我們，襯托著的是藍色眼影和臉後面的孖辮，站起來，身高超過180cm。

Warren是一個男跨女的跨性別人士。

我若無其事的自我介紹，努力掩飾住心裡的一絲驚訝，因為我知道表達出來，會很不禮貌。Come on，（拍的時候）都2022年啦，旅途中認識到跨性別人士，有幾出奇？然而可恨地，我那一刻的而且確被一身shocking pink的Warren shock到，大概是沒有預計到會在冰川教練這個崗位上遇到跨性別人士。

至於Warren的夥伴，是一位順性別女士，她不是guide，

只會幫忙營地的起居伙食。Warren 和她從木箱中拿出幾個頭盔分給我們，叫我們在冰上要一直戴住。我們亦把行裝快快整理一下，預備跟 Warren 出發開始冰川探索。各有各忙時，我忘了為什麼需要跟 Warren 的夥伴對話，提到 Warren，我一下子混亂了，廣東話一個「佢」字便是天下所有人，英文卻要分 he 和 she，到底我應該用 he 還是 she 呢？我忽然卡頓起來。

"Her preferred pronoun is she." 她直接為我解窘。

對，preferred pronoun！我應該晨早就問 Warren 她的 preferred pronoun，而不是自己在猜猜畫畫！曾經在 IG 見到不少外國朋友都會在 profile 標明自己的 pronoun，現實生活中，卻第一次遇到應該要問的時候，想不到這一點，我覺得有些羞愧，只怪我在香港的生活圈子太單一。

掛上一大綑繩索，帶齊一系列金屬扣子，Warren 就率領我們，向白色的冰世界進發。她很從容，見到什麼就說什麼，苔蘚又介紹一下，藍冰又講解一番，彷彿冰川就是她的家，不用牢牢跟死某個計劃，也能自如行事。的確，在阿拉斯加旅遊季節，她算是完全住在冰川營地裡，視乎遊客數量，可能一兩個星期才出去一兩次，至於「玩冰」年資，更有超過十年。我問她為什麼這麼愛冰，她說冰川世界很寧靜，空氣很清新，陽光普照時，有種不能言喻的美。

　　我怕凍，但我認同Warren說，冰雪世界，實在很魔幻。A picture is worth a thousand words，不用形容，看相片就知。

　　踩著冰爪經過一個又一個的冰牆，橫越一條又一條的冰道，我們來到一個小小的冰坡，Warren說，等她佈好陣之後，我們可以逐個爬上去，語畢就一個光速箭步直奔坡頂，卸下她的隨身架撐，開始又下釘又綁繩，速度之快，近乎全是反射反應。

　　我扣好安全扣，就慢慢順著坡道向上行，Warren提醒我們，繩子只是最後的安全防線，我們不應向它借力，只需靠手上的冰斧和雙腳的冰爪一步一步走上去即可。然而冰很硬，每一步都需要大大力踢才行，稍一放輕，腳下的冰爪就會抓不住冰面，整個人失平衡。我的每一步，都要先拉弓，再發力，速度自然就慢，大概五分鐘左右？我才上到坡頂。

究竟 Warren 剛剛是如何幾步登天的？

接下來的十幾個小時，是滂沱大雨，除了午飯和晚飯時間到我們的營裡送餐，我們基本上再沒見過 Warren，等到第二天總算停雨，她就給我們安排最後一次攀冰體驗。她一樣熟練地在冰上遊走 set 繩，別人如履薄冰要慢慢來，她如履薄冰卻差點比行平地快。

她，就是一個有自信、十分稱職的冰川教練，和其他合資格的冰川教練，都一樣。

然而我一直想著自己驚訝的部分，為什麼我似乎對她的工作表現特別 impressed 呢？是我潛意識裡假定了跨性別人士不會從事體力工作嗎？

在香港，要從日常生活中遇到在某一職業崗位如常工作，而又不隱藏自己的跨性別人士，機率低得很，起碼我過去三十二年的人生，從沒遇過。他們彷彿只在電視或網上以「個案」的形式存在，我們受過教育，會理解，會不批評，但我們——至少我——做不到內心零錯愕，無法在遇見時，就像遇到一個順性別男或女一般覺得稀疏平常。社會仍然有很多有形無形的標籤和壓力，阻礙他們和大部分順性別人士一樣，可以選擇無須驚動聲色地存在，以至我們很少在普通的生活環境中平白撞到他們，於是到真的遇到，就會措手不及。

　　我曾想過好否在節目裡為她做一個短短的介紹篇幅，不用刻意點出她的性別，只需讓大眾確切見到職業為冰川教練的她，令大家記得我們遇到一個「特別」的她，但我最後放棄了念頭。可能讓「小眾」在沒有 spotlight 的處理下，都能如常地出現在媒體裡，才是真正擁抱 diversity 的開始。會否有一日，BL 不再是「片種」，而是平常出現的劇情？

　　把我們送上直升機，Warren 就和我們揮手道別，準備迎接幾個鐘後到來的下一批客人。從上空望著一身鮮粉紅她，我覺得她很有型，叫她「冰上之神」可能也不為過。要講女神嗎？不用吧，誰說講「神」不講「女」，就一定是男的？

阿拉斯加是美國最北、最凍又最大的州，單體一個已經是三個法國那樣大。人口呢？七十幾萬，十分之一個香港都沒有。

✈ 2.7 十幾隻雞翼的後遺

「Chill 條毛咩，唔再講 tag 嘅真正原因係，再唔快啲搵嘢食，啲舖頭就閂晒㗎喇。奧林匹克半島最大城市，就係咁嘅節奏。」這是《放浪美利堅》其中一集的最後一句旁白，也是現實中真實發生的事。那天，我們真的差點冇嘢食，還差點鑄成大錯⋯⋯

事情要回帶到早上，我們五點幾在阿拉斯加的 Airbnb 起身，準備搭八點鐘的飛機去西雅圖，到達已經是中午的事。之後我們排隊租車、吃午餐，再駕車到我們接下來幾天會玩的奧林匹克半島（Olympic Peninsula），都快六點。拍攝很怕這種日子，大半天都用在 transit，時間花了，鏡頭卻不多，極有「進度大落後」的感覺。好彩那時夏天，晚上差不多九點才日落——嚟，三個鐘！盡拍！介紹田園大木屋住宿，駕車去奧林匹克半島最大的城鎮安吉利斯港（Port Angeles），找鏡頭位、度對白、拍空鏡，埋頭一路做，我們成功在日光快要消逝前完成所有必要鏡頭！勁啊！終於可以找地方安穩地吃個晚飯，之後早點休息，明天四點鐘起床，五點半開始釣魚。

但走著走著，我們發現，街上的餐廳好像都開始關門了。

⋯⋯吓？

那時還未到九點，但市中心的餐廳基本上都過了 last order，很多美國城市都有 24 小時營業的快餐店，安吉利斯港

這裡卻太小，沒有。顯然，我們是忘記了這裡不是香港。大佬，先啱啱日落，怎會想到已經過了晚餐時間？世界很大，很多我們 take it for granted 的生活節奏，在外地，都不適用。

打開 Google Maps，我找到一間聲稱還在營業的小店，可是去到卻發現根本沒有正餐供應，還好老闆為這幾個可憐的香港人指了一下路，說兩三個街口附近，應該還有一間叫 Bar N9NE 的餐廳會開到晚上十二點後。好人一世平安。我們道謝之後，就馬上衝過去。

走過幾條開始無人的街，找到 Bar N9NE，果然，有開門！人還不少呢！紫紅色的燈從玻璃入面滲出來，還有極重拍的音樂聲隔著玻璃墊底，看來很熱鬧！還……欸，怎樣哪裡怪怪的？

噢，這是一間真酒吧。

Okay 我知道「餐廳」的名字就有 "Bar" 這個字，但我就以為是 chill chill 地輕鬆飲杯嘢又有熱食點的那一種……不是耶，一點都不 chill 耶！燈光一片紫紅迷幻，音樂聲大到去蒲一樣，在場的人八成都在抽煙，是 full-on 的一間地茂酒吧！嗪，我好鍾意 go local 的，但我明天要四點鐘起身釣魚啊大佬，這樣 chur，叔叔不行的。

但我們也沒有別的選擇，不如速戰速決更實際，我馬上去吧枱點餐！都是雞翼呀 nachos 呀那些吧，反正那個時段都只得

這些。不過吧枱很迫，圍著一堆人都要買酒，而站在另一邊的，卻只有一個負責接 order 和斟酒的 bartender。客似雨雲來，她基本上沒有停過，我也不知道該如何叫她幫手下單。鬥大聲嗎？有暗號嗎？唔覺意插了隊會有人打我嗎？最後光是點食物都搞了十幾分鐘。

接下來就是坐下等食物。我們是全店唯一的亞洲面孔，而且狀態很明顯不是想來飲酒吹水，自然突兀，也很容易吸引人來搭訕，不用幻想喇，不是什麼人，是一些好奇的阿叔。「你們來幹什麼啊？」、「覺得這邊如何啊？」、「要去哪裡玩啊？」……我只想說我這天五點起床，現在九點幾還未吃晚飯，可不可讓我省下一點社交能量……當然我沒說出口，只盡量禮貌回答，我覺得自己有點像陪笑，明明想來吃晚飯，卻忽然變了來酒吧陪笑。

還有更攞命的。我一直覺得酒吧的音響很大聲，真正坐下來四圍望，就找到聲音的來源。酒吧的一邊有個小小的舞台，上面有部電視，歌癮大發的人可以點歌然後上台放聲高歌，你大叫一首，他又大吼一隻，非常「熱鬧」，上台的都屬 45 至 60 歲組別居多，中年，但沒有好聲音，我坐著等食物，等到懷疑人生。

在「音樂」中等下又十分鐘，等下又十分鐘，bar food 理論上很快就做好，但我們的雞翼就是一直都未到，我勇敢地向

依然沒有停止工作過的 bartender 追了幾次，她都只給我一個答案，做緊，未有。結果食物弄好，已是十點半的事，我們把它轉成外賣，快快脆逃出迷離世界，返 Airbnb。

想到回去吃完東西還要梳洗，導演還要抄片，攝影師還要把器材全拿出來佈陣叉電，然後幾個鐘頭後又要起身，我們都很想死，我更覺得對不起隊友，畢竟，行程部分是我負責的……於是我決定 send email 給明天的釣魚導遊 Nick，說因為一些不能預計的事，明早想要改遲一個鐘，然後叫大家安心多睡一小時。我想，就算 Nick 睡了，起床看電話時應該都會看到信息，單方面改遲，沒問題吧。

然後第二朝起身，我發現 Nick 沒有回我的 message。

直至我們出發一刻，都沒有。

我們一直都是用 email 溝通，對方一般在一兩個小時內都有回覆，雖然現在是清晨，但按道理如果他照原定時間集合，那時候都一定已經起身，怎麼還沒有回應呢？我決定去他的網站，找他的電話直接打給他。

無人接聽。

在路上我一直繼續 call，還是無人接聽。再 send email，都沒人理。

到底發生了什麼事？！

他工作不帶電話嗎？電話沒有數據嗎？如果他去到集合地點都沒看過我的信息，會覺得我爽約然後憤然離開嗎？整個釣魚環節會泡湯嗎？我的心開始亂起來，拍電視節目和拍網片不同，電視節目有固定集數，每集有固定長度，不能少了一個環節就算數，如果釣魚「甩」了，我必須要立即找到另一個同等精彩的活動去頂替。而我的 Plan B？ Sorry，沒有。

只好全速前進。一個鐘頭的車程後，我們到達原定的集合點──小鎮 Forks 入面一間超市門外的停車場。我馬上落車去找 Nick。那時還是六點幾七點，停在這裡的車不多，我焦急地逐架逐架探頭去看，見到有男司機就問他是不是 Nick，成個癲佬一樣，我甚至連超市裡面的小咖啡店都不放過，直接走進去看，不過裡面並沒有正在等我的人。

「啊，剛剛是有一個漁夫在這裡附近，但他好像已經駕車走了。」店員知道我在找人之後，這樣說。

唉，今次 GG 了。

我知，等人等超過一個鐘，走也很正常，更何況他從來沒叫我付過一毫子訂金，見客人久久沒到，還浪費時間乾等嗎？然而我不明白，為什麼平時聯絡妥當的 Nick，今天會忽然決定不看電話，截至現在，我都未聯絡到他，在約定當天整個失聯！

面對住可能要因為十幾隻雞翼而錯過原本可以出半集的行程，我不知所措，步出咖啡店站在朝早七點空虛的停車場上，除了四圍張望尋找最後希望，我想不到其他，也不想想其他。

然而只要相信，夢定能飛。

我發現咖啡店另一邊，還有另一塊停車的空地。空地上有一架疑似適合載釣魚工具的pickup truck。我本能地急步走向那邊，擋風玻璃後，隱約看到似乎坐著一個人⋯⋯我馬上飛奔過去。

"Are you Chris?" 裡面的叔叔回應了我的視線，在我快要到他窗旁時問道。

啊！！！！！！

原來我們要找的人並沒有走，只泊在遠一點的地方慢慢等！那種失而復得的感覺比annual dinner抽中機票還要開心，是奇蹟啊！！

我差點想跟他擁抱，但okay可能有點too much，還是連忙道歉好了。他說他知道我們是遊客，可能會發生什麼狀況，所以覺得還是多等一會比較好。我問他是否都沒有收到我的email和電話，他竟然說，他打份工，什麼都不知道。

「我叫Mike。Nick是我老闆，他昨晚只告訴我五點半在這邊等，之後就再沒有update喇。」

噢。

原來Nick根本不是我今天的導遊！甚至現在這一刻，應該連身都未起！所有問號頓時解開。

我把整個經歷告訴Mike，並說thank god他願意這樣等，他只像慈父一樣一笑置之，然後便如常載我們到附近的Hoh River，教我們釣魚。我除了覺得天降奇蹟，還彷彿感受到人間溫暖。三九唔識七，怕你出事所以不知原因，冒住白等沒錢收的風險都等你個幾鐘，鄉鎮裡的人，可能真的都比較有愛一點。

由地茂酒吧開始，我經歷了的是一場很攞膽的心靈過山車之旅，不過在鏡頭前，大家只見到我最後釣到一條不錯的魚，欣喜若狂。所以下次見到我，不要再對我說想跟我一起去拍節目喇，哈，chur死你啊。

很多很多年前，英國探險家John Meares看到半島上最高的山峰，決定把它改名做Mount Olympus，也就是希臘神話裡面神住的地方，之後，Mount Olympus所屬的山脈叫奧林匹克山脈，山脈所屬的半島也叫奧林匹克半島。
希臘神話，影響深遠㗎。

✈ 2.8 矛盾只因深愛著

在一段滿是破洞的泥路上顛簸了好一輪，我們終於在山中某房子旁邊下車，導遊拿著必要時可用來爆林的鐮刀，帶我們往山上濕漉的雨林裡走，半個小時後，我們帶著滿身的汗水和蚊叛，來到塔馬納蝙蝠洞穴的入口，靜待黃昏時分成千上萬隻蝙蝠從洞口空群而出的一刻。呆站四十五分鐘之後，我們的血汗付出得到了回報。一隻、兩隻、十隻、過百隻，蝙蝠開始從洞口逐漸飛出來，越出越多！就站在洞口的我，被蝙蝠風暴包圍，距離近得感受到蝙蝠拍翼的風，甚至被其中一隻光速觸碰。從大學時期開始就很想看一次蝙蝠出洞，這一天在千里達的雨林當中，我終於如願……

這是《放浪加勒比》第七集的情節，它並不是反應最好的部分，卻是我個人印象最深刻的經歷之一，因為很多人都知，

我很愛看動物。注意，是「看」，不是把玩緊抱搓圓搣扁。我喜歡的，是欣賞動物自然的一舉一動，所以貓與狗之間，我會選擇不用日日為食討生活、我行我素、動作優雅的貓；別人不理解為何家裡要養不會和你交流互動的烏龜或蜥蜴，我可以（我甚至聽過有人說：欸？蜥蜴是動物？）；親親動物體驗和野生動物獵奇，我多數揀後者。我想看的，是動物神奇的本身。

但關於動物，光說「愛」似乎表達不到我的情感。

由初出道做旅遊主持開始，我就兼任資料撰稿，節目內容和介紹方向，主要都由我來擬定，再向導演以至監製推銷。我從來覺得，人造的事物就是人喜歡怎樣造也行，但大自然過億年來因為不同環境而造就出各樣千奇百趣的演化，AI 都無法複製，所以每次有新節目，我都會盡量加入一些戶外元素。

後來到我有機會負責自己的個人節目，行程更越來越偏向自己的口味，食玩買的比例越來越低，野外體驗越來越多。直到現在我已不再屬於任何公司，成為自由身的旅遊人，節目製作的崗位也因此改變，除了主持和資料撰稿，我還是半個監製，想拍野生動物的心亦只有增無減。當然有出於自肥啦，工作之餘還能順便享受到野生捕獲生態精彩一刻的滿足，但除此之外還有那套一貫的邏輯：連喜愛動物，認識動物的人都不拍動物，誰來在主流媒體講動物？

2.8 子廣只因深愛著

然而並不是每種動物都像千里達的蝙蝠一樣合作。動物真的很難拍！隨著年月增長，我對動物可謂又愛又恨。

　　就先繼續講《放浪加勒比》，在千里達看蝙蝠之後幾天，我們去了同一個國家的另一個小島，多巴哥，一到埗整頓一下再吃個快餐店炸雞 early dinner，就去到半個鐘車程以外的一個沙灘，嘗試直擊海龜上岸生蛋。

　　那時是四月頭，正值三月中至八月世界最大海龜梭皮龜在多巴哥的產卵季節，為了不影響牠們定向，海灘的燈光都很昏暗。我們與當地的海龜保育組織成員 Jezrine 會合，就開始不太浪漫的沙灘漫步，那是因為海灘很長，在黑暗的環境下，一眼根本望不完，要確保海龜無論在哪裡上岸都飛不出我們手指罅，我們就必須來回巡邏，由一邊行到另一邊，都要半小時。Jezrine 說，高峰時期一晚可以有幾百隻餐桌那麼大的海龜登岸產卵，但今天有否收穫，就要看我們的造化了。三小時，Jezrine 說過海龜的故事，又帶我們看過海龜挖沙的痕跡，但就是沒有見到一隻真海龜。我們一場來到，當然不想無功而回！就算時間已過半夜，就算明天早上會有拍攝，我們還想多等一會⋯⋯就一會吧！直至 Jezrine 直接跟我們說：「信我吧，看這晚潮水的高度，沒有海龜會來了。」

　　結果在漆黑中吹了一整晚海風，嘥心機捱眼瞓，只得個桔，這晚拍過的鏡頭，一個也無法在節目中用得上──難道就只出五分鐘黑色和沙嗎？

之後《放浪美利堅》，在觀鯨季節於加州出海，連半條尾鰭都看不到；在阿拉斯加找灰熊，看到但距離遠到像粒塵；還有之前拍《背遊》慕名去洪都拉斯號稱一年十二個月都有機會見到鯨鯊的「加勒比鯨鯊之都」烏提拉島，在民宿check in完才被告知他們都有起碼兩個月沒見過鯨鯊等等……就算出發前如何做盡資料搜集，我拍動物碰灰的例子仍然多如繁星。餐廳可以訂位，市集不會逃跑，野生動物卻從不開放預約，儘管旅遊網站吹到有幾大，動物有幾常見有幾壯觀，牠們那天決定不來，就是不來。

所以大部分製作人都避拍大自然，一個地形環境處處望下去都差不多，很容易令人覺得畫面無聊；至於野生動物，就是

要「捕」，別人國家地理頻道可以為幾個鏡頭等一個月，在香港的製作模式下，最奢侈幾日要拍一集，與其花時間做動物，不如明智點揀些「性價比」較高的項目拍，「做少少，出多多」？尤其現在自己有份監製，條數更要自己睇，碰壁越多，反思越多，我該不該繼續任性下去，不理預算的限制和運氣賭輸的機會，堅持每個節目都側重大自然？還是應該以節目整體效果為先，摒棄一切不確定結果的行程？

矛盾只因深愛著啊。

只能說，我暫時仍然拒絕放棄嘗試。拍動物有失望過，但驚喜絕對更多，阿拉斯加路邊找到的駝鹿母子？加拉帕戈斯群島水下的鎚頭鯊小隊？哥倫比亞草原邂逅的食蟻獸？美國奧林匹克國家公園釣到的九磅鱒魚？正因為可遇不可求，這些鏡頭才更加珍貴，況且辦法總比困難多，怕大自然景色太沉靜，我不如嘗試換個包裝、想個有趣的內容設定，令它更易入口？追蹤動物有可能失敗，不如預先搜羅好後續方案，一但 Plan A 無法實行，就用 Plan B、Plan C 補充畫面和故事，達到同樣良好的節目效果？只要不想放棄，有些事，就不用放棄。大概三十有多的我，仍然未被完全磨鈍。

其實還有一個方法，錢解決得到的就不是問題，只要我放棄賺錢就可。說不定有天我會癲到豪擲百幾萬拍一個屬於香港的生態旅遊節目，到時如果要眾籌，請大家踴躍支持。多謝。

最能保證見到最多動物的體驗，一定是非洲safari。肯亞被
稱為safari元祖國，也仍然是safari旅遊最熱門的目的地，坦
桑尼亞和南非，緊隨其後。

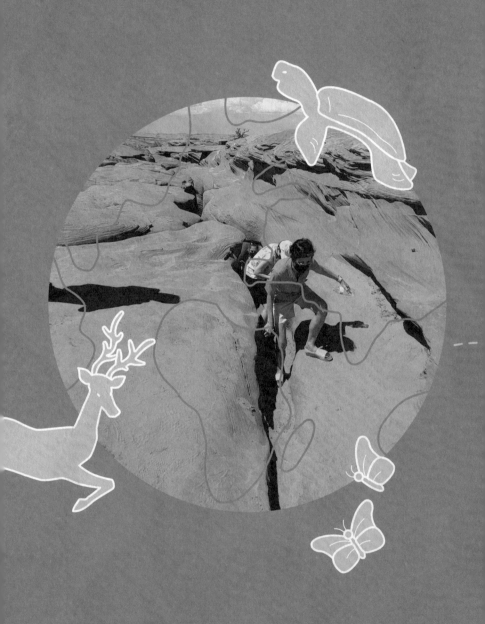

Chapter 3

再一次，自在旅行

✈ 3.1 開啟避世模式

　　早上六點幾，我換好裝束、帶齊裝備離開房間，到還未開門的酒店餐廳，領取昨天預先訂好的三文治早餐，狀態既頹廢又興奮。我曾經在節目說過，世上沒有很多事可以讓我放假旅行都願意晨早流流爬起身的，潛水，是其中之一。

　　這裡是泰國龜島，是東南亞潛水勝地，亦是我去年六月自疫情之後第一個與工作無關的旅行目的地。來龜島的旅客九成都是潛水客，所以很多住宿都有附屬或合作的潛店，好讓顧客可以一站式潛住，方便直接。我選擇的酒店也是這樣，由大堂行去潛店那邊，只需一分鐘。我拿著三文治早餐，來到潛店門口，負責我未來三天潛水體驗的潛導出來迎接，他用西式的招待態度打了個招呼，並介紹了自己名字，叫Cameron。

　　他是一個白人。其實全店的職員都是白人，老細很大機會也是吧。發現這個情況，我當下的第一個反應是覺得有點失策。我認為在可行的情況下，旅遊都應盡量令消費帶到落本地，令旅遊業能真正惠及本土的居民，否則過度發展很容易和本地人的生活訴求產生矛盾，造成不健康的敵視。不過他們的網站也的而且確沒寫著「我們是鬼佬」，老實講很難事前知道他們班底是什麼人，oh well，反正也太遲了，下次記住吧。不久，今天一同下水的另外一對外國情侶也到達，可能太早，大家都沒什麼社交精力，我們只淡淡地交換了一句hi，就各自各做自己的，等到一切就緒，我們就跟隨Cameron出發。

　　之後的事就是典型的潛水旅遊生活：食、潛、食、潛、喝酒、食、瞓，第二朝晨早起身，由頭重複一遍，在龜島，還多了泰式按摩和觀看日落兩樣。龜島不大，主要遊客區就只有面向西邊的一個長沙灘Sairee Beach，大部分餐廳、酒店和舖頭就在沿著沙灘而建的石屎小徑兩旁，由一端走到另一端才不過二十分鐘。

　　這裡有小島氣氛，更有小村氣氛，簡約、慵懶、天氣好、商業味淡，更重要是，消費低。在看到唯美日落景觀的餐廳叫一支啤酒，盛惠80泰銖，隨便吃一個地道午餐，150至200泰銖，在海邊食一頓豐富的海鮮晚膳，一個人只需幾百塊港元。不用轟炸荷包，就有著各種體驗和享受，我簡直覺得自己未死已經直奔天堂。

至於潛水？當然好玩。身處水底期間可以發生很多趣事，然而浸在水裡，大家卻整整幾十分鐘都無法對話，所以一上水，大家通常都禁不住要濕住身來一場激烈的 debriefing。

「你有看到那條紫色的巨型雞泡魚嗎？」
「剛剛那條鰻魚突然冒出來，我嚇一嚇呢！」
「游過大石時你故意溜後，是想撒尿吧～」

　　本來互不相識的大家，有了共同經歷之後彷彿馬上跳到相近的頻率，我說我很想看到間中會在龜島出沒的鯨鯊，Cameron 說隨時都有機會，不過不要抱有太大寄望，因為他來龜島當潛導的差不多兩年間，其實才見過兩次。噢，看見他已像潛店的核心成員一般，還以為他已經在龜島紮根了一段不短的時間，原來只是近年的事？他說，他來自加拿大，本來是個機師，但疫情來襲，令他不得不離開舊公司。他覺得，這或許是一次飛來橫禍，但同時也可以是一個砰然砸去舊框架，開闢新生活的良機，於是他決定飛越半個地球來到龜島，利用之前考落的 Divemaster 執照，開展想嘗試良久的熱帶小島生活。

　　疫情兩年來，我看過無數個因疫情而猛然扭轉人生跑道的香港人專題故事，甚至自己也曾接受過幾個以「旅遊達人沒有旅遊如何自處」為題的訪問，今天來到龜島潛水，竟遇到個外國例子。疫情把世界碎片化，但各地人手停口停的遭遇，還是相似，只是眼前這位主角的破局方法比較激進，直接一個轉手

來個圓夢加 working holiday，化失望為希望。以這裡的物價來說，一個工作了一段時間的機師絕對可以捱很長的時間，再加上他找到打工機會，有員工宿舍住，使費自然極低。不過依我估計，雖然支出有限，但收入亦不見得多，本來因為疫情，這兩年來國際旅客就近乎絕跡，加上就算在「正常」時期，龜島的潛水價格和其他物價一樣，從來不高，上潛水課更可說是世界數一數二地平，比教練還次一級的 Divemaster，在潛店打工能賺到的實際金額可以有幾多？

不過避世本來就不求賺錢，只求修補心靈，幾廿歲人得到兩年的 gap year，好像也不錯。

第二日潛水回岸，Cameron 說潛店黃昏將會在酒吧旁邊搞個 get-together，有啤酒賣，也會有免費串燒供應，潛店工作人員、實習的準教練和準 Divemaster 都會過去輕鬆一下，如果我們想的話，絕對歡迎加入。同潛的外國情侶爽快說好，我也覺得，why not？

雖然我和情侶在船上都有對話，但主題主要只圍繞海洋生物。終歸酒精和免費食物才是國際語言，就在這個日落 social time，我終於聽到他們的故事。

他們是美國人，幾年來一直在搞初創，提供醫療顧問服務，為了自己的心血，女的聲稱差不多每天都要埋頭苦幹十幾個鐘，更從未放過長假，最近苦盡甘來，終於等到有大企業出錢收購，便欣然把公司賣掉，拿住為數應該不少的回報飛來東南亞，一邊享受努力的成果，一邊慢慢思考人生的下一步。他們原定的第一站是峇里，但不知道是否因為疫情還是什麼，簽證久久未批，最後唯有臨時改變計劃，聽朋友推介先過來龜島等，原因？還是同一個，龜島旅居，就是平靚正！

我不確定他們賺到的錢有幾多，但能達到「賺夠」的目標，拋下工作的一切去放肆的玩，大概是無數香港人夢寐以求的終

極夢想。老實講，我都頗羨慕，但除此之外，我還忽然看到他
們和Cameron之間，彷彿有點相似——疫情停飛無工開，生意
成功逃離商圈，無論理由正面負面，來到龜島所追求的其實都
是一樣，抹掉過去的自己，重新感受生命的溫度。對他們來說，
北美是reality，龜島則是脫離現實的泡泡世界。可能就是這裡
獨特的步調和性價比，令龜島成為這樣一個完美的避世勝地？

放眼今天的聚會，由潛店班底、實習學員到短留旅客，可
能有不同膚色，但基本上除了我之外，都是歐美人士，我不禁
在想，還有什麼原因把他們從歐美各地帶到來龜島生活？他們
也是前來避世嗎？龜島上個個背心短褲，拿著啤酒嘻嘻哈哈，
但在看似人人回歸純樸的表面之下，還潛藏著多少個不為人知
的故事？龜島，忽然變得更有趣。

可恨是我在龜島只能留幾天，在我開始感受到島上旅居群體的血肉之時，就需要離去。不過隨著時間過去，疫情的影響逐漸消退，這樣相對寧靜的龜島，亦可能不會再出現。龜島一直是世界各地——尤其是華語地區——學潛水或是考潛水教練的熱門地點，當地甚至有以中文教學的潛水學校，我認識的潛友當中，就有三、四個在那邊畢業。這次沒有見到很多亞洲旅客面孔，只是因為內地、台灣和香港當時均仍未全面通關。將來再回去，龜島可能已經回復相對夜夜笙歌的熱鬧。

但我希望龜島仍能繼續成為大家的夢幻樂園，因為地球需要更多這種修補城市人心靈的樂土。世界壯闊，不要被眼前的城市霧霾永遠遮蔽雙眼。祝這一刻營營役役工作的你，或是前路茫茫的你，有天找到那片讓你自療避世的陽光海灘。

龜島叫龜島，是因為它的形狀似龜，並不是它水域特別多龜。香港附近最容易見到海龜的地方在哪？可能是台灣，小琉球。2021年，錄得805隻。

✈ 3.2 高級 Hostel

　　Backpacking 的核心體驗之一，是住 hostel。低廉的價錢租一個多人房床位，一般為 10 至 30 美金左右一晚，浴室共用，早餐可能包可能不包，但一個五臟俱全的公用廚房，多數都有，不想日日去遊客餐廳被劏的住客，可以在裡面自理伙食。廚房出面多會有一個到處都是大沙包的 common room，世界各地的過客可以在這裡玩玩 boardgames，睇睇電影，順便交流各自旅程的 juicy stories，然後朋友，就這樣認識。對外向、social 又不拘小節的愛玩客來說，hostel 是個天堂。

　　但對很多未試過住 hostel 的人而言，hostel 卻可能只是頭五個字：「低廉的價錢」。賣點咪就係平囉！有能力花錢，誰不會揀雲石大堂的高級酒店？還想跟別人同房？我辛苦做嘢放假就是為了嘆，給我服務，我要的是尊貴的服務！

　　你直頭聯想到那個人大聲說這句話那振振有詞的聲線。根據我的經驗，這是絕大部分香港人的想法，當然，也絕對是 missing the whole point。誠然有不少人揀 hostel 真的是因為貪平，但真正享受 hostel 交流文化的人也有很多，把 hostel 標籤為「窮人恩物」and nothing else，只是因不理解而導致的過度簡單化。不過我又明嘅，人越大人越怕「辛苦」嘛，香港人生活壓力大放假又只想舒服放空嘛，就算是享受 backpacking 文化的我，疫情後因為不同原因都沒有選擇住 hostel，是人大了多了顧慮？私人空間 vs 眾樂樂，舒服 vs 隨性，似乎只能二擇其一？

在三藩市住過一個地方之後，我發現不是。

去年美國行程的其中一站，是我從沒真正遊覽過的三藩市，不是工作的旅行，一如以往沒有怎樣細plan，只在出發前找了間地點方便的住宿，其他到達後再想。不用計劃的感覺真爽。

來到現場，酒店所在位置果然便利，就在漁人碼頭隔一條街的某轉角，門面……則算是其貌不揚吧，就兩道冷冰冰、辦公大廈式的玻璃自動門。裡面的大堂和一般酒店一樣，放著幾組大梳化和枱櫈，不金碧輝煌，不尊貴顯赫臨海御璽，但整體空間感覺卻甚具型格，全因大堂的一幅牆，一幅由貨櫃鐵皮造成的牆，凹凹凸凸像瓦通紙那種，上面寫了貨櫃牌子和貨運編號，配在優雅的枱櫈陳設旁邊，衝突而不突兀，還頓時為空間增添佻皮感。

很快，職員就辦好check-in手續，除了房卡之外，她還給我遞上了幾張紙仔。她說，每天晚上5點到10點是他們的"Happy Hour"，只要拿一張紙仔來櫃台，就可以換到個s'more套裝到酒店的courtyard裡燒。

是s'more！沒聽過這個人間珍品的話，容許我解說一下。香港人燒烤愛燒棉花糖，美國人就更重口味一點，喜歡把棉花糖燒至半熔後用兩塊餅乾上下夾出，再多夾一塊朱古力才一起吃，流傳因為大家吃完都大叫想要"some more"，所以這個朱古力棉花糖三文治就叫s'more。當年我在美國讀書時一試愛上，外脆內軟，一咬入口感覺極rich，彷彿整個人都充滿朱古力味的幸福，終極guilty pleasure無誤。住酒店送s'more，我真的是第一次聽，我很驚喜，同時又很好奇，他們courtyard有燒烤爐嗎？

稍後就知，現在還未到happy hour，還是先上房好了。一路走著，我發現酒店大堂的玩味貫徹了整間酒店：等軚位置放了一隻用廢棄金屬砌的巨鳥雕塑，街頭藝術感十足；旁邊放的則是一張用路牌屈成的designer chair；客軚的地板是典型貨軚的鐵地板；四邊牆則寫滿密密麻麻的英文字，活像某街角被塗鴉洗禮過的窄巷。進入酒店房，床頭的牆是呼應大堂風格的貨櫃鐵皮，前面掛了用漁網吊著兩個高低不一的圓球燈，另一邊角落則有一個小圓窗，仿傚船窗的感覺。這間酒店的每一個細節，都似乎在狂熱地歡呼：「我很愛玩！請你也好好來玩！」

　　得！Happy hour我會回來玩，現在才中午時分，當然放低行李就出去漁人碼頭走走先啦。漁人碼頭出名又行貨又遊客，的而且確，舖頭沒有什麼性格，都是旅客貨多，但我沒來過嘛，都頗享受整體熱鬧而不擠迫的玩樂氣氛──除了就是海風很冷。明明是八月，下午陽光不多之餘風還很有勁，吹到頭都甩那種，街上甚至見到有些歐洲遊客在穿著薄羽絨，是歐洲人啊！不是十八度就戴頸巾的香港人！可想而知有多冷？後來從朋友得知，原來三藩市大部分時間都是這樣，冷冷的濛濛的。

　　越接近夜晚，氣溫越冷，逛完一個下午，差不多是時候回酒店，加件大衣，「順便」吃我的happy hour s'more。喂，漁人碼頭都沒它吸引啊，我期待了一整天喇！

　　穿過大堂，我走到酒店的courtyard，前面馬上是幾個各自夠七、八人圍爐取暖的大火爐，每個爐邊都圍有幾張弧形長橙，供住客坐著用港式BBQ的陣勢燒嘢食。啊，這就是燒s'more的地方喇。四圍張望，courtyard原來還放著各式各樣的遊戲裝置，乒乓波枱、足球機、「沙包洞」（Cornhole），最遠處還一個極吸睛的超巨型「四連環」──就是輪流放銀仔入垂直的框框裡，鬥快砌成四子連環的那個「四連環」遊戲，但這個是特大版，藍色框框比人還要高！要從上而下投入特大「銀仔」，要不用放在旁邊的晾衫竹，要不就踏上幾層高的小階梯，一個簡單的遊戲，突然變得勞師動眾地可愛。根本，整個courtyard就是個充滿童真，提醒你切記要玩的遊樂場，它更立即讓我想到

hostel 供人隨便 hang out 的 common area，置身此處，人都立即放鬆下來。

我回到燒烤爐那邊。爐火在寒冷的空氣中緩緩地燒著，我走到最近的一個坐下，預備炮製我久違了的至愛。我拆開手上 s'more pack 的包裝，熟練地把餅乾和朱古力鋪好，再用竹籤把棉花糖串上，一臉期待，坐我對面的一對年輕白人情侶見我這麼純熟，忽然出聲問道：「不好意思，你可不可以教教我們怎樣做？我們沒吃過這個東西。」

噢，當然可以啦。

搖身一變，我成為這個爐頭的 s'more 專家。我教他們如何一步一步的砌成 s'more 而不甩繆，也順道開始聊起天來。他們來自意大利，第一次來美國這邊，和我一樣，他們也才剛到三藩市不久，之前就一直在美國西面的州份玩，行程最印象深刻，就是到訪大峽谷。他們說實景真的很壯觀，是令人說不出話的宏偉。

他們沒有美國人那種事事稱讚，有時浮誇到聽落很假的門面正能量，他們的語氣很由衷，就真的覺得大峽谷很棒，其他地方就真的還好。他們英文不算太流利，但很願意溝通，well，反正大家都要等棉花糖燒熔嘛，你眼望我眼，無事幹，就吹水囉。

「真的這樣直接咬嗎?」一會兒後他們拿著製成的 s'more,以一貫由衷的語氣表示質疑。

「是的,試試看!」

他們一口咬下去,表情……沒怎麼變,他們似乎沒有很喜歡這個罪惡三文治,對他們來說,這塊東西實在太甜。我笑著說怎麼可能不喜歡,然後自己又咬一口,反笑他們不懂人生美味。他們開始講起意大利的美食,我就問他們是否真的接受不到 pizza 上有菠蘿,接著我們慢慢談到大家的餘下行程、職業、travel stories、life stories,在頗冷的溫度下圍住火爐,話自然地聊開。

不久,另一個住客拿著 s'more pack 坐下,她主動跟我們打招呼,說自己來自西班牙。

西班牙!我馬上本能拋出那句"¡Hablo un poquito de español!",意思是我會講丁點西班牙文啊,她聽到後很驚喜,畢竟旅途中遇到一個來自香港又懂西班牙文的人,what are the chances?她馬上轉用西班牙文和我對話,然後……我馬上露餡。哈,太久沒講了,很多單字都忘記,才說了一兩個字就開始語塞,張開口但沒聲音發出,眼神努力但空洞,在場的人都不禁大笑起來。我沒覺得尷尬啊,因為我自己都覺得好好笑,就笑住繼續盡講囉。嘻嘻哈哈,亂講一通,就這樣,過了個幾鐘。

　　不同國家的人在異地坐在一起，分享漫長旅程的片刻，忽然，我重拾 backpacking 住 hostel 那種遺失已久的感覺，那種敞開心扉，忽然青春起來的興奮。絕大部分典型酒店，根本不在意要營造這樣的氛圍，最緊要客戶覺得「尊貴」丫嘛，這間我隨意選擇的，卻由每一個設計細節到消閒遊戲，處處都高聲提醒著你「同人玩啊」、「let go 啊」。那塊免費 s'more，更是神來之筆，誘惑你到時到候去火爐坐，醉翁之意不在酒，圍爐之意也不在 s'more，燒著燒著棉花糖，就認識到不知哪國的不知哪人。真正的貼心思維，莫過於此。

　　多謝這間酒店，提醒我年少旅行時嚮往的快樂。

世界上第一間 hostel 由德國一個老師在 1912 年創立，地點？
厲害了，在山上一座叫 Altena Castle 的中世紀古堡裡面。
Hostel 之初，原來是城堡住宿。誰估得到？

✈ 3.3 由Screensaver到夢想成真

從小就覺得Windows的一張screensaver美得很不像話。

相片裡是一層一層互相交疊，酷像海浪般彎曲起伏的表面，顏色乍紅乍啡，從螢幕看來如絲般柔滑，既像細沙，又像木雕，只看圖像，根本說不清是什麼質地。偶爾會在網絡上碰到別人在這個地方的打卡照，那些彎曲表面就像是牆壁般左右垂直相對，在中間形成一個狹窄曲折的空間，裡面可以站人。兩邊「牆壁」似乎有起碼二十個人那麼高，而照片光源永遠來自「牆壁」看不到的上方，裡面被拍的人就彷彿站在某地裂後形成的狹縫。我知道這些是相片不是圖畫，但我想像不到現實中，一個自然地方如何造成這樣奇幻的視覺效果。

然而這個謎，我在美國讀大學時終於正式解開，這個地方的名字，叫Antelope Canyon羚羊峽谷，地點原來就在美國！是西面的亞利桑那州！不過很可惜，當時的我一直沒有機會去探索這個疑幻似真的地方……一眨眼，十年過去，現在不再based in美國的我，竟反而終於找到機會親眼去看看這隻神秘的羚羊。

去年拍攝完《放浪美利堅》之後，我人在加州，飛去拉斯維加斯十分方便，這個世界級賭城除了是消費勝地，還是一個本地團的出發點，而目的地就是亞利桑那州兩個同樣以奇石見稱的自然景點，馬蹄灣和羚羊峽谷！喂，期待了足足十年，沒有不報名的道理吧？

一大清早，我們就從拉斯維加斯坐四至五個鐘車去馬蹄灣。有人稱馬蹄灣為「大峽谷東緣」（Grand Canyon East Rim），在美國正式的分類中，馬蹄灣卻屬於格蘭峽谷（Glen Canyon），並非大峽谷的一部分。關於這塊馬蹄，我在網上專欄曾經這樣形容過：

兩邊斷崖，一千呎高，中間是一段科羅拉多河，河的彎勢極急，在谷底繞了近乎一個360，刻出一個完美的馬蹄形狀，河的藍和崖的紅對比清晰，輪廓分明，真的，畫都冇咁靚！眼向上移，崖頂因為整片陸地都曾以同一速度抬升，所以全部在同一高度平頂，一眼望去，就像曾被人一刀水平切過去似的，整齊得誇張。

這個馬蹄形巨彎，的而且確很震撼！

但它卻仍然不如我這天心中的主角。來了，千呼萬喚，羚羊要出場了。

由馬蹄灣再去羚羊峽谷，只需十幾分鐘。一到埗，我們就馬上被帶進一個訪客中心，領隊叫我們逐個排隊登記，上廁所什麼的要盡快，他說搭半我們必須回到入口前集合，否則不能入場！有這麼嚴謹？原來，羚羊峽谷是美國原住民納瓦霍人的部落主權區，當地規定，所有訪客必須參加原住民帶領的小團才能進入峽谷範圍，按照今天的安排，我們屬於十二點半那一團，錯過了我們就沒時間等下一團再入峽谷，難怪領隊那麼緊張啦。

站在訪客中心，我好興奮。手機 wallpaper、相機廣告風景照、IG 網紅相⋯⋯羚羊峽谷的相片在網上以不同姿態老是常出現，彷彿如神話般的存在。我一直想知，在沒有濾鏡、沒有後製之下，這個地方是否仍會如螢幕看到的一樣魔幻？藏著答案的寶箱就在我面前，而幫我打開它的鑰匙，亦準時出現！她是十二點半小團的原住民導遊。說過幾句簡單的 briefing，她就帶我們離開訪客中心，正式往我期待了足足十年的峽谷進發！

但一出去，欸？怎麼地形⋯⋯這麼不峽谷？眼前所見，四周明明就是一片寸草不生的平地。烈日當空，一步一步行不算

輕鬆舒服，看不到峽谷在哪，心裡更一直覺得迷茫。嗯，說好的「海浪牆壁」呢？直至走了五分鐘左右，導遊忽然停下來，輕輕的指向右下方。

「到了，準備入峽谷囉！記得下樓梯時扶好欄杆，不要拿電話出來，要拍照，落到下面大把機會！」

順著她指頭望過去，是一條鐵梯，去勢極度陡峭，似乎通往地下一個看不到的地方，啊！峽谷就在「地底」！原來剛才的五分鐘，我們就已經一直在峽谷的旁邊行，只是谷頂縫隙太窄，地面根本察覺不到，這隻羚羊果然是「神話般的存在」，明明就在眼前，都可以這樣隱秘。

沿著鐵梯，我們魚貫往下行，難怪導遊預先叮囑我們要忍手不要拍照，因為只要稍落幾級，羚羊峽谷最標誌性的畫面就已經馬上出現於眼前，是 screensaver 那個褐紅波浪的世界！無花無假，隨便觀看！我不解多年的謎團亦終於由我自己親眼解開，那些又似流沙，又似木雕的質地，是沙岩。

導遊解釋，長年累月的雨水把赤色的沙岩慢慢侵蝕，最後開通出一條蜿蜒的半地下通道，一彎接一彎，形成一個極具美感的自然藝術空間，岩石上一層層流順有序的曲線，是雨水流過留下來的紋理，從峽谷中間望，彷彿是一個又一個凝固了的漩渦。這些漩渦在太陽的照射下映出不同程度的橙紅，加上從

狹窄谷頂滲進來的耶穌光，令岩石光與影的變化十分強烈。每個轉角，都是一幅足以令全團人驚嘆的新景色，每行幾步，都有叫人舉起相機的新動力。

導遊熱情地向我們介紹峽谷內的各個「景點」─「獅子頭」、「天空海馬」等等，團內的每一個人，無不被眼前超現實的地貌所震攝，我們都想盡量把眼前的奇妙記錄低，而導遊每日帶團，亦早就變成攝影高手，她對怎樣調校角度影到最佳的構圖可以說是瞭如指掌，甚至對用哪一款手機的哪一個濾鏡影沙岩都有研究。她知道，在這個 IG 世代，沒影到就等於沒去到。

然而相機忙，人更忙。大家都想打卡，但為了確保人流暢通，導遊需要在一小時內完成 walking tour，所以當她見你停低超過二三十秒，就會提醒你加快腳步不要停留，加上峽谷始終在半地底位置，光線並不處處充足，要找到光暗適合而又背景無人再又配合到導遊行程的時機趕緊拍張照，完全不易。我會說，絕對是一場同時間競賽的挑戰。

但這種「chur」竟然無損我心目中峽谷的美，每當我放下相機左右觀望，我都會有種因為無法相信而產生的毛管戙，一個自然景點，為什麼會這麼有藝術氣質？很多神話近距離看過，就會破滅，但羚羊峽谷沒有，無論什麼角度，怎樣細賞，它依然是 screensaver 上那個「神話般的存在」。入場前的問題，我

得到答案，沒有濾鏡，沒有後製之下，這個地方，仍然如螢幕看到的一樣魔幻。

Before you know it，一小時的walking tour就完。和入口一樣，出口處同樣有樓梯把我們帶回谷頂上的地面，我爬了出去，行前幾步回頭望望，那個我們剛剛才感受過的奇幻世界，從這個角度看竟然幾乎了無痕跡！它又再一次完美埋藏在岩石之下。神話仍然是神話，這一刻親身經歷過，下一刻再看，已經不在。

兩年幾了，疫情令我駐足在港足足兩年幾，但復飛後這麼快就有機會給我在願望清單上劃上一個大剔，我覺得好幸運。我們對美國的印象，一直就很不「玩」，那邊童話小鎮欠奉，歷史遺蹟不多，文化底蘊淺薄，重點是列車網絡不完善，而且不能像歐洲一樣，隨便一個trip都可能去五、六個國家，似乎一切，都不太吸引，但別忘了，美國還有很超脫塵世的野地，親身感受一次，就會明白。

由發現羚羊峽谷是羚羊峽谷到我終於親自去到，是超過十年的時間，我知道「夢想成真」四個字很肉麻，有時甚至很濫情，但這次我高呼這句，卻自覺充滿底氣：

媽，我夢想成真了。

美國有三百幾個由原住印第安人部落管理的特別半主權地區，叫印第安保留地，納瓦霍國是最大的一個。每個印第安保留地的規矩都可以不同，甚至可在某些層面和所在州份的規例相違背。國中國，就是這樣的意思嗎？

耶路撒冷，一說到這四個字，腦海立即冒出一個充滿歷史痕跡的圍城，zoom in 是用石板鋪成的橫街窄巷，街上滿是穿著長袍的本地人，構圖加多個昏黃 filter，那陣古舊味和濃濃的人文氣息頓時飄入鼻孔。形容詞嗎？飽歷風霜、多愁善感、神聖莊嚴……

對，差不多就是這個形象了，我出發去耶路撒冷之前，腦內就是預期著這樣的一個畫面。耶路撒冷是猶太教、基督宗教和伊斯蘭教三個阿伯拉罕宗教的聖城，齋聽個名已經充滿傳奇色彩，夠份量揹得起「世界最神聖城市」這個名銜的地方，沒有很多個，耶路撒冷肯定是其中之一。

這樣神聖的地方，原來還不算難去，由以色列大城市特拉維夫出發，有高速火車可坐，不消四十五分鐘就到，由國際機場出發，更只需二十分鐘左右。平時 backpacking 去一個名勝，總要上網找一大輪資料才規劃到路線，世界級古城耶路撒冷卻方便至此，那時的確讓我挺意外。Well, I am not complaining.

到達耶路撒冷—伊扎克・納馮車站（Jerusalem–Yitzhak Navon Station），馬上在月台上迎接我的，是一系列長電梯，我說的長，是可以跨越幾層商場樓層的長！四、五條這樣的電梯一條接一條，一排四行三上一落，氣勢十足。包圍著這三列電梯的是一條圓形管道，牆身裝了一節節排得像虛線般的光管，一路由底升上去，彷彿在穿越時空隧道。在杜拜那種城市，見

到這樣的設計一點也不奇怪，但在以歷史遺蹟見稱的耶路撒冷，是否有點太科幻？沒有心理準備的我在月台上望上電梯隧道一刻，莫名被震攝到。

穿過不知道多少層，感覺已經歷完一次地心探險，我終於到達地面。海拔七百幾米的空氣比特拉維夫冷，但陽光普照，頗有冬日太陽的清新舒適，一眼望出去，就是個輕軌列車站，把人從建在耶路撒冷外圍地區的火車總站載到市中心地帶。輕軌列車望上去很新淨，一點配合耶路撒冷古舊形象的意思都沒有，我走進車卡，掏出全以色列通用的交通卡 Rav-Kav 一嘟，5.9NIS（約港幣 12.7 元）被扣掉。十分鐘後，我出現在耶路撒冷市中心。

嘩。

本來以為會逐漸進入古舊世界的我，被眼前的街頭景象殺了一個措手不及。廣闊的石板大街，滿街的露天 café，普遍偏矮的房子中間偶有幾座現代化高樓，街頭還有人玩音樂，怎麼這麼歐洲？！和我想像的耶路撒冷怎樣差這麼遠？我知道耶路撒冷有新舊城區之分，遺蹟都集中在舊的那邊，但新的部分，我一直以為只是沒有重點建築而已，原來竟然和歐洲城市沒有兩樣？

我對耶路撒冷的想像，一下子被完全顛覆。原來，它是一個充滿現代活力的地方。

還不止。我到 Airbnb 住宿把行李放好，順便在樓下吃個午飯，就準備徒步進入舊城區。我跟著 Google Maps 的指示走，

過了一條馬路，來到一個拱門前，一條淺啡色的磚砌大道，兩旁是⋯⋯名店？護膚品、波鞋、首飾、餐廳全部都有，基本上就是一條露天商店街。直通去耶路撒冷舊城其中一道城門的路，竟然是一個名店商場！是主打遊客生意的嗎？誰會來到這個歷史宗教名城然後忽然掃貨？我的內心有千萬個不理解，對於這個進入古城前的體驗，只感到無比詫異。這樣一個「驚喜」，使我腦海不斷震盪，十分鐘的路程，體感頓然變得極短。

我可以說在毫無防備下，被現代化的颱風猛烈吹襲完一輪。

　　最後我走過一條橫跨幾條行車線的行人天橋，終於來到耶路撒冷舊城的雅法門（Jaffe Gate）。集結在城門一帶，是遊客和一些想撈遊客生意的導遊，而一入城內，就是遊客資訊中心。合理的，耶路撒冷是一個世界級景點，要應付來自世界各地的訪客，不可能期望它到今日仍然保持100%原汁原味，況且它不是個與現代文明隔絕的古蹟，而是部分當地人真正生活的地方，城內這裡有點改建，那裡有點迎合，正常不過，到現在還是百年前的那個老樣子才怪吧。

　　但走進去之後，只需幾分鐘，那種無法堆砌的歷史味道就湧出來，溢滿整條街道，迂迴曲折的橫街窄巷，埋藏在熱鬧市集裡一個又一個的歷史遺蹟，是我出發前腦內預想的畫面啊！

除了沿路小店賣的商品比較遊客（價錢也比較劏遊客），偶爾有些印有比卡超"Pika-Jew"的 T-shirt 賣之外，整體感覺和聖誕故事所描述的近乎一模一樣：去到西牆（就是傳統說的哭牆，但猶太人並不叫哭牆，而是西牆），見到猶太人向著他們的聖牆念經，有的低頭默念，有的放聲朗誦，空氣無比的莊嚴，就連牆我都不敢亂碰，怕褻瀆這個猶太教的聖地。去到聖墓教堂，見到基督教徒真誠跪下，低頭觸摸相傳用來放置耶穌釘十字架後的身體的塗膏禮之石，那種虔誠和謙卑，連我這個宗教麻瓜也被深深觸動。順著苦路逐站回顧耶穌被釘十字架前的每一幕，我無法想像這座歷史迷城到底見證過幾多，更不能猜度這座超級聖城在多少人心中佔了無可撼動的位置，神聖，不是傳說，它真真正正存在於現實世界當中。

由到達後一直被現代耶路撒冷嚇窒的我，又覺得眼前的耶路撒冷舊城區很 authentic，原來腦內關於這座古城的既定形象並沒有「出錯」，只是不全面而已。耶路撒冷，是封存千年歷史的嚴肅聖地，也同時是與時並進的現代化城市。

但天真地以為耶路撒冷只有古舊一面的，相信不止我一個？

我怪網絡。Google 耶路撒冷，你不會見到新城區的任何照片，因為舊城才是最有風味、最特別又最吸睛。當然啦，誰去耶路撒冷不是為了它的舊城？結果因為這樣，很多人——包括我——對耶路撒冷的認知就慢慢出現偏差，以為它裡裡外外都

是一個「舊」字。非洲一定窮，香港人一定識功夫，世界各地
都因為媒體的包裝和網絡的差異傳閱而存在著很多可笑的定型。
唯有親身去過當地，你才能真正感受到一個地方的風貌。假若
有天有以色列人學了中文，看到我這篇文章，一定會覺得我很

無知。耶路撒冷可是一個人均GDP和加拿大相約的城市啊，為什麼會認為那邊仍然完全停留在幾百年前的世界？

說起來，耶路撒冷亦可能是以色列的寫照，很多香港人以為這個猶太國家古舊，殊不知人家經濟卻十分發達，城市隨時比香港更smart，思想更絕對比香港開放。長期躲在日韓台港的世界實在不太有益身心，建議不定時買張機票，去個自己都意想不到的地方闖蕩一下，一餐好的米芝蓮享受可能夠你講幾個月，一次增廣見聞的旅程，可以讓你講到八十歲。

耶路撒冷是世界上其中一個被爭奪最多次的城市之一，曾被發動攻擊五十二次、搶奪四十四次、包圍二十三次，以及摧毀兩次。
神聖和苦難，是否無法分割？

✈ 3.5 巴勒司機

　　無意之中，我走進了巴勒斯坦。

　　其實與其說「無意」，不如說「無知」。故事是這樣的：因為幾年疫情都沒在飛，很多里數都快過期，適逢有朋友想去以色列，就決定跟機。平時工作已經要plan行程（還要是plan得很仔細那種），放假，我不想plan，所以事前也沒做很多資料搜集。

　　所謂「沒做很多」是什麼意思？就是我一直想去就在耶路撒冷附近的伯利恆朝聖，但直至到我人在以色列的時候，才發現伯利恆，原來根本不在以色列！伯利恆所屬的國家，叫巴勒斯坦。 Okay……從來沒很認識巴勒斯坦，也沒想過要去巴勒斯坦，但因為里數過期的蝴蝶效應，我竟然無知地準備要由耶路撒冷坐巴士直去巴勒斯坦。

　　哈，都說我不是旅遊達人啦。

　　沒有前設，就唯有真的「用眼睛去旅行」，個幾鐘頭的車程，帶我跨過以巴邊境，窗外的建築物由井井有條逐漸變成日久失修，彷彿進入另一平行時空，一個明顯破落得多的時空。還未落地，你已經知道兩地的經濟狀況和生活水平，差天共地。

　　差天共地的還有文化。我們在巴士尾站一下車，就被一個當地人截住。他問我們是哪裡人什麼的，然後續說今天是他們巴勒斯坦的假期，很多舖頭都不會開，旅客自己行走也可能不

方便，下一步，他就拿出一張印有不同車款的過膠A4紙，提議我們可以包他車幾個鐘遊伯利恆。哦，原來是的士司機兜生意。

朋友早已經在Google Maps點好我們要去的地方，步行路線亦規劃好，加上以往backpacking經驗，那種一見你落車就瘋狂出擊的的士司機多數來者不善，於是我們毋須什麼內部討論，都有默契要盡快終止對話。我們擠出微笑回應"No, thank you"，然後就作勢起步離開。他馬上問why，也準備跟上前，我們慢慢加速，大約說了類似 "We have our own plans already. Thanks." 的話，就開始頭也不回地退場。

這種的士司機兜生意模式，我在以色列那邊沒怎遇過。

徒步行了大約十五分鐘，我們走到伯利恆市中心地帶，的士司機似乎沒有騙我們，很多店舖都沒開，街上途人更是寥寥可數，只有零星的街邊小販仍在如常工作，他們可能只坐著紙皮箱，賣的貨可能直接放地，和兩個鐘前耶路撒冷名店區的光鮮形成強烈對比。伯利恆熱鬧氣氛欠奉，但沒關係，我們終歸是慕著「耶穌出生地」這個名而來的，直去同聖經故事相關的景點便是了。據說曾是耶穌出世馬槽所在地的馬槽廣場、據聞是耶穌確切出生點的聖誕教堂、傳說聖母瑪利亞駐足餵哺過耶穌的乳洞教堂、流傳是天使初次宣布耶穌誕生地點的牧羊人野地教堂……我不是教徒，但每去一站，回想起一個又一個小時候讀過的聖經故事，仍然有種朝聖感覺。

　　走著走著，我們來到伯利恆行程的最後一站，這一站倒與聖經無關。那是大名鼎鼎的「以巴圍牆」。

　　翻查資料，以色列自二十多年前開始以國家安全為由單方面興建「以巴圍牆」，把國際上勢孤力弱的巴勒斯坦慢慢圍住，二十幾年來牆壁一直加建，截至2022年，延綿超過七百公里，其中一段圍牆就在伯利恆裡面，給你一點概念，香港直飛高雄，航程才六百幾公里。

　　圍牆是很突兀的存在，它所在的位置是巴勒斯坦人生活的地方，有繁忙的車路，有酒店，有餐廳，稀疏平常，普通街角一個，然而生活區中間，卻忽然有道八至十米高的巨型石屎牆

狠狠的把生活區終止，原為鬧市的地方一下子變成「邊境」，裡
面的人亦一下子被關住。冷冰冰的灰牆上是各式各樣的塗鴉，
有唐老鴨，有 Rick and Morty，驟眼看來，可以說是繽紛，可
是稍稍細看，我馬上感受到這道牆的沉重。

　　有一幅塗鴉，寫著 "Free Gaza"。
　　有一幅塗鴉，寫著 "Make hummus not walls"。
　　有一幅塗鴉，畫了一個破洞，破洞裡面是遠望耶路撒冷的
景色。

再查一下資料，圍牆並沒有依照國際普遍認可的以巴界線而建，反而處處踩過界，蓋到巴勒斯坦土地上，國際法庭十幾年前裁定圍牆非法，但以色列對此表示零尊，國力薄弱的巴勒斯坦亦無力反抗。圍牆建起後，很多原屬巴勒斯坦的地方都被「剝走」，其中一個，就是他們原初認定的首都，東耶路撒冷。圍牆以內，巴勒斯坦人再也去不到聖城，就算想遠觀也只能看畫的，望梅不止渴。

比起剛才一連串的聖經故事地點，以巴圍牆給我的震撼，強烈得多，那是兩國權力不對等和人民內心吶喊的終極象徵。一直感受到以色列和巴勒斯坦是兩個世界，原來，他們真真切切被切割成兩個世界。土地被佔，日常生活的地方又突然多了一道無法撼動的高牆，巴勒斯坦人，到底有多無奈？這是一堂雞精但極入腦，還有點牽動情緒的時事課。

我們在圍牆附近逗留了差不多一小時，已經接近黃昏，必須趕回巴士站，等回程的巴士返回耶路撒冷。

怎料等車之際，又有人過來搭訕。

"Where did you guys go?"

噢，是我們剛到達時過來兜生意那位的士司機！都幾個小時了，仍在兜生意嗎？

我沒太想和他談話，始終不想再被他纏繞，況且他問問題時木無表情，語氣聽落亦不友善，讓我感到有點不自在。不過我其中一位朋友很好，還是耐心地告訴他我們到過的景點。

誰知他只聽了第一、二個地方名之後就馬上插話："Only this? That's it? I told you but you didn't take the car. I told you it was a holiday today but you did not open your mind!"

態度極度不屑，很不禮貌。

做不成生意便拿遊客發牢騷，有這樣的道理嗎？再者，我們可沒有因為自己找路而去不到想去的地方，無緣無故給你批評我們的自由選擇，我覺得很不合理，可是我們真的要等巴士不能走，又不想展開一場罵戰，於是我們選擇沉默了事。

但他身旁另一位朋友仍然想繼續對話。他說因為剛剛又有巴勒斯坦人被以色列人殺死，有巴士司機決定罷工，我們正在等的車可能很久也不會到，建議我們到另一個街口轉乘另一條不受影響的巴士線，那個街口怎樣去？他有的士。

喂真係又兜生意？

朋友之前就做過research，他說的巴士路線會繞路，我們不想搭，況且站內仍然有不少人在等我們要等的巴士，似乎可以等下去？開始不耐煩的我覺得，他只想哄我們幫襯他的的士

生意而已，真的，我不需要。

"No it's okay." 我用最平靜的語氣和最簡潔的字眼答道。

然而態度不禮貌的那個人沒打算放棄，再度開口。

"What do you mean it's okay? I am telling you the options."

"Yea yea I understand, but we want to wait for the bus here."

"No, I am telling you this bus will take a long, long time, and you can take a taxi and take another bus. It will be much faster!"

"Yea, I get it, but we don't want to take a taxi."

"What do you want? I have camels, donkeys. What do you want to ride?"

Wow.

聽到這句，我有點「著」了，「不坐車，那你要坐駱駝、驢仔嗎？」這明顯是戲謔。但我知道跟他吵起來沒有意義，在他們地頭我們也不著數，於是我再忍。

"No, we don't want to ride anything."

然後他再狙擊："Why not? Why don't you want to take the bus? It is made in China!"

我已經不知怎樣形容他的不尊重。我完全喪失和他對話的最後一滴意欲，乾脆直接把面擰開。

看到我的反應，他更戇，更開始發茅，他說我一定要回答他，否則有車到也不會給我上。江湖簡稱，今日唔講清楚，你唔使指擬離開呢度！他已經到達憤怒的程度。

「你們這些遊客來到巴勒斯坦，都不願意和我們溝通，我覺得好傷心。我們被世界隔離，連想離開一下巴勒斯坦也困難重重，叫天不應。你知道這幾天又有巴勒斯坦人被以色列人殺死了嗎？我們處境如何悲慘，都沒人願意傾聽！」

……

剎那間，我的怒氣不見了。

我覺得自己做錯事。就半個鐘之前看完的以巴圍牆，重現腦海。以色列用石屎牆將巴勒斯坦狠狠封住，巴勒斯坦人在裡面只能無聲吶喊，他們甚至連自己的機場也沒有，要和外界接觸，要不先過境去到鄰國約旦再算，要不站在牆內等外人進來。外人，就是我們這些外人，我們在他們眼中，可能是唯一連接外界的窗口，唯一表達控訴的對象。但我，一個因為里數到期

才誤打誤撞走來，事前沒有做功課的旅客，沒做好「連結」的本分，一心只想要打發他們。以巴圍牆震撼，但我忘了它反射出的，是確確切切本地人的思想和生活，那些活生生，我們會隨街遇到的本地人。對，他不禮貌，他亦可能真的只想做生意，但在巴勒斯坦這個布幕下面，他們每一個人都值得被理解。

突然，我腦海只浮出一句話。

"I am sorry."

他看到我明白了什麼，也似乎意識到自己剛才語氣很差。火降下來，竟然也向我說 sorry。我們的交流演變成一段互相道歉，主動給予對方尊重的「和解」。我向他解釋我顯得不耐煩的原因，他亦嘗試了解我們更多。

這個反高潮，誰也想不到。

然後在互相 sorry 之中，巴士突然來到。

罷工似乎沒有影響到我們要搭的巴士。結果論，我們照原定計劃等，的而且確是更佳的選擇。可是問題來了，到底他倆是真心相信罷工有機會影響巴士服務而建議我們坐的士，抑或「巴士司機罷工」本身就是一個他們為了做生意而編的謊言？我不懂回答，但和解過後似乎亦不再緊要，我只由衷地講了幾次 thank you so much，就走上車，他亦用 thank you 回了我幾

次。一個鐘之後，我們回到耶路撒冷。

這個故事，我在事件發生後有馬上在 IG 分享過，如今整理好再寫一次，依然有種說不出的慨嘆。聽過故事的朋友都覺得，他們根本只是為了兜生意無所不用其極的人，但認識過他們處境，我還是有無限同情，因為曾幾何時，香港也努力呼叫過。很多事情就算新聞日日報，你都不會在意，自己感受一次，卻能記一世。由單純只想看聖經經典，到得到我始料不及的思想衝擊，真正的旅行，就是這樣無法預料。

所以讀萬卷書，始終不如行萬里路。

193個聯合國成員國入面，有138個承認巴勒斯坦，然而巴勒斯坦在聯合國只是觀察員國，並非成員國。他們爭取關注之路，仍然漫長。

✈ 3.6 死海以軍交流日

我的 bucket list 上面，一直有死海這個名字。

一片「充滿死亡」的海，傳奇色彩太重了，很吸引到滿腦子都是浪漫派幻想的我。所以難得去以色列玩，我一定會去 see for myself，那怕別人告訴我死海如何無聊，哪怕那邊除了曬太陽之外據聞沒什麼好做，哪怕和幾個遊伴夾不到時間，我必須獨自離隊才能去。

臨離開以色列前一天，我一個人朝早八點幾在特拉維夫找巴士，出發去死海。

怎料一來就出現狀況，以色列巴士網站的英文版指示很不清楚，原版希伯來文我又看不懂，跟著資料把巴士總站的名字輸入 Google Maps，Google Maps 竟然也出不到 exact 地點。我半猜半估，叫做去到一個巴士總站，卻不知道自己有否去錯，巴士開出的時間快到了，徬徨情急之下，我決定開始問人。

多年的外遊經驗告訴我，在非英語系地方問路，最好找個年輕點的，因為年青一代英語靈光的機會更大。環顧四周，一個站頭旁邊站著一班身穿軍服的年輕人，他們正在等巴士，我快步上前，請他們幫忙。

以色列規定所有十八歲以上的猶太人（和少部分的非猶太人）必須服兵役，男的最少兩年幾，女的最少兩年。在特拉維

夫的幾天，無論是坐火車或是在餐廳吃午飯，其實都經常遇到
穿軍裝的年輕人，可謂見慣不怪，只是我一直沒機會和原因去
找他們說話而已。可能是身穿軍裝的關係吧，他們氣場都偏向
冷酷，誰知道一開口，卻頗有反差萌——笑容不多，但態度十
分友善，聲音甚至帶點稚氣，就像準備上莊的大學生一樣。他
們熱心地查看我手頭上的希伯來文指示，叫我在旁邊的另一個
站頭等。其中一個還怕丟低我一個不好，陪我一齊等了一會，
直到自己的車來，才跟大隊走。好彩沒有被他們的外表嚇退，
就算穿著制服，依然外冷內熱。

不久我的車也真的到來，用了接近三個鐘的時間，我順利
到達以色列死海邊小鎮 Ein Bokek。

Ein Bokek 是死海少數（甚至有可能是唯一一個）有公共沙灘的地方，那裡有免費沖洗設備，也有幾間豐儉由人的餐廳。十二月頭，死海空氣有點涼，要太陽照住方夠暖可以脫衣服曬，我在太陽底下找了一個點坐下，欣賞著死海這個內陸湖無風無浪、寧靜到科幻的神奇氣息。

觀察了一會，我準備展開這天的特別任務，一個人打卡。

是的，來到 bucket list 上的景點，難道不打卡嗎？構圖我都想好了，有兩個，一是全身塗滿死海泥，二是拿著書，在死海一邊浮著一邊裝看，你在 IG 應該都見過幾千萬幅。別怪我無創意，世界難撈，原因請看篇章「旅行流量密碼」。

不過我到達不久，就已經決定放棄第一張，因為 Ein Bokek 這個沙灘，一路伸延死海水底全都是沙石地，根本沒有泥，除

非我到旁邊的手信店買一盒敷面用的啦，不過這樣太作狀了，我拒絕，還是集中火力做第二張吧。書，我沒有準備，因為去過死海的朋友都說現場多數會有道具書本提供，然而我四圍張望，除了幾個垃圾袋和一堆要付費才能用的沙灘椅之外，沙灘上沒有什麼其他，更別說一個「道具書櫃」，okay，朋友去的，可能是約旦那邊那些死海度假村的私人沙灘吧⋯⋯沒辦法，沒有泥沒有書，唯有只影身體浮水。只要影到我人平躺著半身仍舊在水面之上，應該夠表達到主題吧？

右手拿著自拍棍，我慢慢走進水中，嘩，好凍。平時克服凍水的最佳方法，就是一碰到水便喪衝，唯快不破，但在死海這裡，不行。死海之所有「死」，是因為它的鹽分極高，救生塔就一直有廣播，提醒大家千萬不要被死海水濺到眼睛，如果萬一中招，要即刻急救，濺到自拍棍的話，更可能連電話都報銷。為了防止這些危險的水花濺出，我唯有放慢速度，仔細品嚐凍水帶給我皮膚的「快感」。

死海浮力之強，就是水位才剛剛過膝，已經可以把人整個托起，我小心翼翼地慢慢向後靠，直至背部碰到水面，只要給點信心，把雙腳輕輕踢起，身體就會自動調整成水平狀態。嘩，感覺好奇妙啊。

我在水中擺動了一會，把面轉到向著太陽的位置，見光線不錯，就立即開始自拍。然而我四肢離地，又怕濺起水花，很

難微調動作，加上自拍的角度本來就有限，努力試了五分鐘，效果始終還是不太好。算吧，還是勇敢一點，找幫手吧。於是我慢慢從水中站起，向岸邊掃視，不遠處有兩個貌似二十來歲的男子正在曬太陽。Perfect，一於去問其中一個。

他的回應很正面，才剛說無問題，就已經準備站起來，伸手接過手機，主動問我想要什麼效果。

找年輕的人幫忙除了因為溝通成功率較高，還因為他們無須解釋都自動領會應該要怎樣構圖，畢竟隔了四分之一個地球，大家看的IG還是類似的。他一同走進水中，不停移動鏡頭，嘗試找出最令他滿意的拍攝角度，他甚至告訴我要如何調整姿勢，

配合畫面。三九唔識七，很少人幫忙拍照，會做到這樣足。

　　幾分鐘後我站起來，從他手上接回電話看看──very nice，就是我想要的！原來在死海影相，始終需要幫忙，哈。我拿著滿意的收穫，微笑著向他道謝。

香港人遇到有外地人請求幫忙揸機影相,多數完成任務後就會離去,在外國,人們卻喜歡問句 "Where are you from?",閒聊一下。眼前這位男子也一樣,開始和我閒聊起來。

他是本地人,正在服兵役,基地就在沙灘後面那座山的後方,這天休假,就和軍中的朋友過來死海這邊曬個太陽,放鬆一下。說罷,他隨手揭開身旁的一塊毛巾,下面不是太陽油,而是兩把槍。他和隊友一人一把,真槍。

唔好講笑,我吃了一驚,帶真槍來沙灘曬太陽,我還真的是第一次見——應該說——真槍,我都有可能是第一次見!休班軍人可以就這樣亮槍的嗎?定抑或我誤會了他的意思,他們其實正在當值什麼的?哈,我不知道。

他見我這樣詫異,知道我應該沒什麼軍事經驗。

「香港是否沒有兵役?」他問道。

我說是啊,沒有。

"That's good." 他淡淡然地回應,不用荷槍實彈當兵的世界對他們而言,值得羨慕。他說,以色列在中東四方八面都是敵人,不全民皆兵,不安全,語氣有輕微無奈,但更多是匹夫有責的氣慨。以色列自從立國之後,和不少阿拉伯國家一直處於非友誼關係,互相武力攻擊更是偶有發生的事。誰對誰錯,

我不敢評論，但這種真正的國家安全問題，對生活在香港的我們來說，確實陌生。

交談持續了幾分鐘左右，我們就此道別。他繼續在朋友和兩把槍旁邊曬太陽，我就坐在不遠處，享受著在死海剩餘的時光。特拉維夫和死海之間每日只有兩班車來回，要同一日返到特拉維夫，我最遲三點多就要走。隨便食個午餐，走走逛逛，在死海逗留的三個鐘，很快完結。

得到滿意的打卡照，當然開心，但更意想不到的是，來個死海，竟然也碰著兩個陀住槍曬太陽的軍人，也有點神奇？由出發問路，到找人幫忙拍照，這天獨遊死海，變成我和以色列軍方的國際交流日，一個人去旅行，的確能令你突破自己的泡泡，繼而更認識一個地方。在以色列旅行，很容易見到當兵的人，於是會直接地產生一種草木皆兵的感覺，然而外表強悍的以色列人，雖然背負著他們作為猶太人的自豪和保家衛國的精神，但底蘊裡，似乎還有一種在香港很難找到的熱心和純粹，至少我這天遇到的兩個，都是。

以色列的人均軍事人員數目全球排第六、七左右，每一千名市民，有大約二十至二十五個是軍人。
怎麼我覺得是幾百個？是他們特別多機會
在鬧市周圍行，特別容易野生捕獲的關係嗎？

✈ 3.7 學習旅遊

我讀書成績好，是的我認。當年無論是校內試抑或公開試，分數都很不錯，我知求學不是求分數，但在只有讀書和考試的香港教育制度裡，考到高分的而且確給了我不少成長的自信。然而有兩個科目，我由中一考到中三都從來沒高分過，它們叫中史和西史。每次要背史實背地圖背年份，我都自覺慘過擔泥，苦戰三年，除了一堆名詞之外，我一個重點都不記得。終於等到中四分科，我彷彿得到救贖！我立即把「歷史」這回事從我的生命中踢走，從此覺得前路一片光明。

講真，這也許是我旅行甚少主動選擇去看歷史景點的原因。

然而不愛歷史的我，卻去了以色列歷史名城阿卡，更竟然深深愛上。

事緣是這樣的。出發以色列前，碰巧有一個朋友比我早個幾月去了這個猶太國度，那時我留意到她 IG story 分享的幾張相片特別漂亮，高牆窄巷，古城氛圍，淡啡石牆，配上天空藍木門，完全是我那杯茶，馬上看一看 location tag，知道這個地方叫 Akko，中文譯阿卡。朋友推介說，雖然從大城市特拉維夫出發去阿卡不如去其他景點例如耶路撒冷般快，但她認為阿卡的古城差不多是她在以色列見過最美的。有打卡相做證加上朋友親口加持，相當穩陣啦，於是 Akko 阿卡就成為我以色列行程的一部分。

　　我和同行朋友一行四人，最直接由特拉維夫去阿卡的方法，
就是租車自駕，沿著海岸線向北行，需要一個半小時。人還未
到，眼就先隔著海水望到海邊的城牆，古舊平實，彎彎曲曲，
優雅地為這個據聞由中世紀開始就一直屹立至今的古城綑邊。
我出發前沒刻意去看它的歷史，但這幅圍牆，給了我一個氣勢
十足的第一印象。

我們把車停在古城外，就徒步進去，十二月初的以色列海邊陽光仍然充足，空氣微涼且乾爽，用旅行遊蕩的步調慢慢走，感覺十分愜意。古城，的確很有 charm，它絕大部分道路和建築物都由石磚砌成，色調和諧之餘，還令四圍瀰漫著一股既古舊又可愛的氣息，這裡的店舖彷彿經美術指導設計過，隨意掛在牆上的小裝飾、徐徐從牆頂垂下來的攀藤、統一塗上天空藍色的門窗，放在一起，互相映襯著。這天遊人不多，居民亦不慌不忙，令小城感覺有靈魂而不擠迫，我們隨意亂逛，很快便被一個街角吸引住。

　　那是一間甜品小店，和城內大部分店舖一樣，用淺藍色作為主調，但店主知道今世代打卡最緊要，特意在店對面的牆前放一張粉藍長椅，後面和左右都放著不同的擺設，配合富有歷史味道的牆身，形成一個完美的街頭打卡點，我有多喜歡？這裡拍的照，我選了做這本書的封面啊。我們點了一份自家製牛奶布甸，上面撒上開心果碎和花瓣，賣相和味道都相當不錯，一人一啖甜品，又每人輪流影影相，我們在這街角，可能逗留了差不多二十分鐘。很 basic，但很好，我最初就是被阿卡精緻的街頭景色所吸引才慕名過來，就這樣在橫街小巷遊走，正正符合我的期望。

　　走著走著，我們來到一個有明顯標示的入口，那是阿卡幾個歷史景點之一，看文字描述應該是曾幾何時阿卡非常重要的一條地下軍用通道，連同城內其他幾個歷史景點的入場費，大

約百多塊港幣。我本能的第一反應，就是懷疑和拒絕，這不就是一條黑漆漆的隧道嗎⋯⋯？我興趣不大啊。但同行朋友的想法卻有點不同——一場來到，就入去看看啦，況且光逛小店都逛不了整個下午。老實講⋯⋯也是對的，只在小街間逛，一個小時應該什麼都看完了。好啦，我沒有其他更好的提議，就跟大隊，一起買飛入場啦。

向下走了幾段樓梯，馬上就是地道的起點，如我所想，環境就是個很不驚喜的地下室，牆邊有幾顆從下而上的射燈，為空間提供著基本照明，同時保持著地道應有的陰沉感覺。其中一邊牆上掛了一部電視，屏幕正循環播放一段大約兩、三分鐘長的動畫影片，介紹地道歷史：話說當年十字軍東征，阿卡成為他們在以色列的基地，這條地道，就是聖殿騎士團往返堡壘和碼頭的軍事要道。噢，十字軍東征，中二讀西史時有讀過欸，不過細節當然如我所說，統統不記得，我甚至連十字軍為什麼要東征，都早早忘記得一乾二淨，然而看到這個既熟悉又不很熟悉的名字，我心內冒起一股莫名的雀躍感，大概就是從陌生環境中突然找到和自己略有關聯的事物的那種奇妙感覺吧。

沿著地道行，再有幾段講解當地十字軍生活的影片，我們都有駐足觀看，而地道本身，就真的是條如礦洞般的隧道吧，我沒有特別impressed，但用十幾分鐘走完全程，我認識到阿卡如何在成為十字軍基地之後，變成一條居民來自歐洲不同國家的「萬國村」，我開始發現，阿卡打卡友善的外殼下面，原來

藏住很多意想不到的過去。

　　離開隧道，我們打算去下一個歷史景點，反正買了的票全都包，不看白不看？走個五分鐘左右，來到土耳其浴博物館，聽名字，是不是不太吸引，哈，老實說，要不是買了套票，我應該一輩子都不會主動走進這樣一個景點，雖然它算是一個經過用心設計的博物館。

它由當年曾經運作過的一間主要土耳其浴場改建而成，每一個展館都有投映在牆上的影片，以土耳其浴繼承人的身份，介紹土耳其浴在阿卡的由來和興衰。

印象中有些展館更只會在影片完整播完之後才打開通往下一個展館的門，一關一關地過，頗有打機晉級的感覺。原來十字軍敗走阿卡的兩百幾年之後，阿卡成為鄂圖曼帝國的一部分，隨之引進這座海邊城市的就是土耳其浴文化。鄂圖曼帝國？又是另一個西史必定讀過的東西啊，怎麼阿卡彷彿跟什麼都有點關係？

這個下午的最後一站，是大型歷史遺址十字軍騎士大廳，亦即是當年十字軍的醫療中心。確實面積不太清楚，但依我目測，應該是可以用足球場做單位去計的，一系列樓底有幾層樓高的哥德式地下室，分幾十個分站介紹十字軍從到達至離開黎凡特地區的歷史經過，以及關於他們阿卡生活的不同趣聞。

可能是因為對阿卡外貌的好感和對十字軍似曾相識的聯繫，我竟然沒有抗拒這個景點，反而走到每一站逐句嘗試去重新了解十字軍東征的來龍去脈，每讀到一個要點，都彷彿尋回一塊丟失於暗角的拼圖，左湊右拼，就是那幅我中學幾年「應該」要砌好卻一直沒有砌好的大拼圖。

其他分析我不敢說，但我現在終於清楚知道，十字軍東征是歐洲以奪回基督宗教聖地耶路撒冷為名的一連串侵略戰，搶

到耶路撒冷之後建立耶路撒冷王國，其後失去耶路撒冷，十字軍就把耶路撒冷王國基地定在阿卡，直到最後他們終於敗走，持續接近二百年的十字軍東征，亦正式落幕。

所以，阿卡就是十字軍在黎凡特地區的最後一個據點。

阿卡就是十字軍東征這段重要歷史告終的地方。

這帶給我很大的震撼。我從沒想過這座古城原來歷史意義重到這一個程度，更沒想過這趟原本以打卡為主、輕輕鬆鬆的旅行，竟然填補了我歷史認知方面一個長埋多年的缺口。多了這些故事，海邊小城阿卡忽然添了一份沉實的底氣，再次在小街裡閒逛，感覺不再流於表面。

旅行不應是學習，因為旅行的人應該要感受到放鬆和被娛樂，但好的旅行卻總自帶學習，總能趁你毫無防備的時候送你一個腦衝擊，顛覆你固有的認知和想像。幼獅磨練身體感官和反應，靠的不是刻苦訓練，而是玩樂期間不知不覺的學習，一個完滿旅程帶給我們的效果，或者也應如此。

如果中學有 field trip 來以色列，我的歷史科成績會否仍然低落？

我不敢說。但去完阿卡，我可以以旅遊人的身份肯定地宣布，以色列，絕於不只耶路撒冷。

以色列是全世界人均博物館數量最多的國家。
大概歷史太複雜，可以說的故事，太多？

✈ *3.8 行山這回事*

去峇里島參加婚禮，順便和朋友玩一下。

我本來只想輕輕鬆鬆度個假，從沒行過長途山的友人卻忽然想挑戰一下自己，參加一個兩日一夜的露營行山團，登上海拔三千七百幾米的龍目島林賈尼火山山頂睇日出。嘩，咁chur？我猶豫了一會，最後決定一同報名。I mean，朋友這麼有興致，why not? 露營行山之嘛，我試過這麼多次，冇問題啦。

我讀drama㗎。

出發那天，我們六點就起身吃早餐，等待行山領隊到我們山邊的小草屋住宿接載，同團還有另外二人，他們是一對情侶，二十來歲，男的來自荷蘭，叫Sam，女的叫Klea，來自阿爾巴尼亞，但在阿姆斯特丹工作。坐著領隊的車子，我們來到一個醫學檢查站。林賈尼火山海拔三千七百二十六米高，是印尼第二高活火山，登頂有機會引發高山反應，所有人出發前都必須度高磅重填病歷，還要測血液含氧量，做個風險管理。現場有起碼幾十人在檢查站等候檢測，一眼望過去，只有兩、三個亞洲面孔，也是的，亞洲遊客來到峇里龍目一帶，有多少會想體力勞動？或者應該說，亞洲人去旅行，有多少想體力勞動？友人和我大概是異類。

"Have you done any treks like this before?"排隊檢查的時候我沒事幹，找個話題和情侶聊。

"No, it's my first time!"Klea 面帶笑容,又帶半分擔憂地說。

歐美人士一般都比較喜愛戶外活動,第一次試 trekking 的人,多數也會選一些比較出名的路線來行,竟然有另一個人和我朋友一樣,一挑就挑個林賈尼火山?哈,有點偏。

"What about you?"Sam 在旁反問。

我嗎?肯亞山、印加古道、喜馬拉雅山、危地馬拉聖地亞古多火山……我開始一個一個名字枚舉起來,腦內也憶起段段威水史。還記得第一次海外行山是肯亞山,當時裝備不足,行了個半死還得到了輕微的高山反應,但總算成功登上接近五千米的山頂,之後雄心壯志再行通往馬丘比丘的印加古道,四日三夜行程我都算應付自如,其中跨過四千幾米山頂的一天,我走得比當地 porters 還要快,原定兩點幾到達營地,我十二點幾就到。之後拍旅遊節目,攀喜馬拉雅山的馬納斯盧峰,我是當時上到最高點的主持。

我沒有不知廉恥地向他們炫耀這些喇,只是暗裡自豪,不過他們聽到「印加古道」、「喜馬拉雅山」這些大名,都露出 impressed 的神情。哈,知我咩料啦?

完成檢查,再坐十幾分鐘車,就是行山路線的起點,在這裡集結的人比剛才檢查站見到的更多,登山客連同領隊和一眾

porters，隨時超過二百人。我一直以為林賈尼火山名不經傳，似乎還不至於。

來到這裡，要隆重介紹一下今次的路線。我們這次走的是林賈尼火山的典型登頂行程，需時兩日一夜。第一天從海拔一千一百幾米的起點出發，經過四個他們叫"POS"的checkpoints，去到海拔二千六百幾米，俯瞰火山湖的火山口營地，不連午餐時間大約需要六小時。吃過晚餐，在帳幕小睡一會之後，凌晨兩點幾就摸黑再出發，六點左右登頂看日出，最後一口氣落山回到起點，不計早午餐時間，第二天需要走路七至八小時。

有覺得chur嗎？露營行山，基本都是這樣啦，我知道會很累，但我知道我做得到。

因為我做過。

自信滿滿，正式上山。路線初段是當地人耕種的地方，雖然烈日當空，無遮無擋，但因為地勢偏平坦，而且路徑又寬闊又明顯，十分好走，我們一行幾人有講有笑，很快就完成首兩個checkpoints POS I、POS II。吃過由porters主理的豐富午餐，我們再上POS III、POS IV，一直都用著輕盈的步伐。我覺得一切都十分輕鬆。

怎料由POS IV開始，情況卻急轉直下。

　　這段是第一天行程的壓軸好戲，七段頗急的攀升直上營地，中間沒有明顯的休息點，很多位置要上，都需要大跨步。起初還好，但隨著需要突然發力的次數越來越頻密，我發現我的左

邊小腿開始有點抽筋，每次發完力，我都必須把腳掌反方向倒拉幾秒，肌肉才能回復正常，其實情況不算嚴重，但每次大跨步都要就住就住，又要停下來拉筋，使得我必須花更大力氣，才能追上大隊的進度。

不久，我的右小腿都出現同樣的輕抽筋情況，更壞的是，我的心臟因為越行越吃力，跳得越來越快，去到有一刻，彷彿身體裡有個工匠用鐵鎚快速敲打我的左胸，我覺得胸膛……快要爆開。

我很害怕，馬上停下腳步用力深呼吸。

一吸，一呼。一吸，一呼。

抬頭一望，至少還有個多小時同樣陡峭的上山路……我的心臟負荷得了嗎？由這一刻起，我知道自己不能再用之前的速度繼續下去，我開始放慢節奏。

但同行的其他人似乎沒有這個問題，至少從他們的速度看來，他們一切良好。聲稱第一次行長途山的 Klea 口裡說累但健步如飛，本身同行的友人同樣是第一次，但他的狀態亦似乎比我好，很多時候都是他在前面站著等我行，我們漸漸被前面的情侶拋離。

我可行過這麼多山，這樣的千幾二千米海拔，算是什麼？

大概是我出發印尼前的兩個月工作忙碌，疏於運動，肌肉不習慣吧。沒事的，就當今天是個遲來的熱身，今晚好好休息一下，第二朝就一條好漢！我邊慢慢走上行頂，邊如是對自己說。

下午四點幾，我攀上營地所在的火山口山脊，今天行程總算結束。我的心跳很快回復正常，小腿的微抽筋沒有造成什麼持續的痛楚，整體狀況都算良好。付出了一整天，現在當然要享受一下回報！從火山口營地往內下望，是林賈尼火山湖全景，在雲霧的輕紗半掩之下，顯得十分平靜。我坐在露營椅上，看著落日慢慢把對面的山脊染成一片橙紅，感覺治癒，平地的紛擾，此刻都與我無關。我在山上只有大自然。

　　高處不勝寒，隨著陽光消逝，空氣急速變冷，我換上了長褲，加了保暖內衣和兩件外套，但在時緩時猛的山風下，身體仍在發抖，porters 準備的熱茶，成為我最可靠的暖包。我趕快把 porters 準備的晚餐吃完，就躲進營內，反正幾個鐘頭後就要起床，還是爭取時間休息最實際吧。

　　於是才晚上七點幾，我就準備好睡覺，迎接攻頂的一朝。

　　兩點，我再次步出帳篷。繁星仍然高掛，空氣照舊寒冷，我把所有帶來的衣物都穿上，除了水和小食放進腰包跟身之外，背囊和裡面所有東西都留在營地，盡量輕便。可能是負荷少了，加上睡了一覺，小腿老是瀕臨抽筋的感覺似乎已經消失，我的步履比起昨天輕鬆得多。都說喇，我無問題啦！四周一片漆黑，只盯著頭燈照著前方的那一小塊，一步一步行，我們就像機械人一樣，機動地前進。我一直跟在領隊後面的前排位置，那種行山的感覺，回來了……

　　才怪。一切只是假象。

　　中後段開始，是隨時比四十五度角更斜的碎石路，腳每踏上一步，都會立即滑下二分之一步，加上海拔已經超過三千米，氣溫顯著轉寒，所有曝露在空氣當中的肌膚都漸漸僵硬起來。我的心跳頻率又再急速攀升，停下來休息？身體會變得更冷，一路繼續走？心跳支持不住，我漸漸陷入一個極不舒適的兩難局面。

然而 Sam 和 Klea 依然沒有什麼問題，還在我後面越走越有勁，我喘著氣，讓他們先行。

我盡量維持自己的步伐，卻只見越來越多人像他們一樣，步步有力的在我身邊走過。我慢慢越墮越後。

不知不覺，我墮到去隊尾。

晨光開始出現，頭燈作用越來越少，距離日出的時間也越來越短。我仍未到頂。每步都極度辛苦。我很想吃一碗熱騰騰的拉麵，又想吃頓豐富的燒肉，其實不，大概來碗魚蛋粉都可⋯⋯腦內想得越多，越反映著體能每況愈下。

我知道日出快到，我必須加快腳步，但身體已經到達極限，我沒有再多可以給，我幾乎可以肯定自己是這天百幾二百名參加者中的最後幾名了。那個在印加古道第一名達陣營地的自己，去了哪裡？那個在喜馬拉雅山上到接近六千米都依然面帶笑容的自己，去了哪裡？那個年輕的自己⋯⋯去了哪裡？

我突然發現，掛在嘴邊的這些那些，早已是陳年歷史。喜馬拉雅山是七年前的事，印加古道，十一年前。

原來，我老了。

現在身軀冰冷的我，只能一蟻步一蟻步地在深得整隻腳掌

都可以插進去的碎石路上頹然寸進，心跳動輒就過快，我必須每走三、四步就小休息。這裡才海拔三千幾米，我以前從不會這樣。

六點零五分，我終於憑著意志，到達海拔三千七百二十六米高的林賈尼火山山峰。官方日出時間，是六點十分。

我再不能像十一年前一樣早到，但至少這次，我還未遲到。

此時山頂已經坐滿了人，各自用自己的方法在高山冷風中邊瑟縮保暖，邊等待日出來臨，趕上尾班車的我卻不用什麼等待，已看到萬眾期待的一刻。

從雲霧中升起的旭日，用曦微的晨光淹浸整個山頂，眼往背後看，則是光線觸不及，依然波平如鏡的火山湖。我很想細心欣賞，但我全身都在發抖。科學說每上升一千米海拔，氣溫會低六至七度。這天清晨的林賈尼火山山峰，是接近零度。

站在印尼第二高火山的我看著唯美的日出，只感到手腳僵硬。我做到了，但我沒有覺得自己征服了火山，我只是勉強survive 了這座火山。

　　之後的體力下跌得更顯著。落山的路比上山還要痛苦好幾十倍，不要說跟上歐洲情侶，就算我率先開始下山，我仍然是全體行山人員當中的最後幾個，被全世界大幅拋離。我的腳尖很痛，我的小腿很痛，我的膝蓋很痛，我的大腿很痛，我，什麼都很痛。

　　廿四小時前還信心十足，這一刻的我，只覺得無比氣餒。肌肉發出的每一個痛楚信號都在清楚地提醒著我，我狀態跟十年前的自己，相差有多遠。

　　「那你起碼趁後生就已經行過很多很有挑戰性的山徑啦。我現在這個年紀，才第一次咋。」年紀比我大幾歲的友人見我沒精打采，淡淡地對我說。

或許這是年紀漸增才體會到的安慰。我知道三十幾歲絕對不是「老」，但我「老了」，是不爭的事實。我為自己身體不復當年狀態而輕嘆，但朋友說得對，我還是應該為自己曾經勇於嘗試過、又成功挑戰過的事而感到慶幸。至少，我沒浪費青春給過我的本錢。

下午三點半，我帶著一身的痠痛，成功回到路線起點，手腳被灰泥弄成黑色，面上還鋪了一層沙塵。我經歷了近幾年最累的一天，也上了難得的一課，我第一次確切感受到身體的變化，明白到我再不能靠空空的自信亂來。世界很大，還有很多路要走——我亦會繼續走，只是我現在知道，我要謙卑、小心地走。

來，叔叔告訴你，人生不可能回頭，去吧，趁尚有力挺起胸膛，想到什麼，就去做吧。

印度尼西亞群島坐擁一萬七千多個島，是全世界最大的群
島。它亦是東南亞面積最大的國家，也是全球人口排第四的
國家。

它或許仍在發展當中，但它絕對不容小覷。

✈ 3.9 那個在海港閃著的 Comfort Place

沒有很多地方我會選擇去超過一次。

更不要說四次。

人一世物一世丫嘛，有機會，梗係想試多啲唔同嘢。對於那些一年去幾次東京的人，我總解構不到，不是說日本不好，日本好好玩㗎，但世界大到這個樣，有需要同一個地方無限輪迴幾十次嗎？

然而不知不覺，我竟然在疫情之後，第四次去澳洲悉尼。

第一次是大學時期去昆士蘭 study abroad，順便找了個星期去悉尼玩玩，怎講悉尼也是大洋洲最大城市，來到世界這個角落，總要給自己體驗一下吧。

當時 2012 年，我還未滿廿二歲，對悉尼的唯一印象就是悉尼歌劇院，去到它所在的 Circular Quay，從悉尼大橋那邊隔岸遠眺過去，感覺簡直就像是朝聖一樣。深藍的海、淺藍的天，雪白的歌劇院就像雲朵一樣靜靜地浮著，陽光之下，極有動感的弧形外牆向不同方向反著光，整個畫面對於當時的我來說，有種接近仙氣的氣場。

就是那個畫面，令我愛上悉尼，甚至愛上澳洲。

2013 年，澳洲旅遊局推出「絕世筍工」選拔。是我很愛的

澳洲啊！我少有地近乎毫不猶豫就報名，直頭覺得這個比賽是為我而設一樣，最後我做了一連串當時完全不熟悉的事，不知怎樣闖進了其中一份筍工的最後三強，以finalists的身份飛到澳洲。旅遊局想籍機會宣傳澳洲，官方行程當然有地標中的地標Opera House，沒有什麼特別活動，就只是帶我們到建築物附近逛，打打卡。

那時距離我第一次去才不夠一年，理論上不會對又重複見到的景點有什麼大感覺，可是我記得，那天我心情仍然是非常雀躍，可能是多了一份自豪吧，自豪自己因為「被選上」的關係可以再來這個自己喜歡的地方。於是穿上finalist隊服的我，

坐在歌劇院對出的一條欄杆之上，叫朋友幫忙影了一幅相。笑
到見牙唔見眼，算這種。

　　第三次去，是2017年，我再次換了身份，不再是學生，也
不再是參賽者，而是個全職旅遊主持，再到澳洲，也是因為拍
攝。其實主打介紹的地方都沒有歌劇院的份（歌劇院還需要介
紹嗎？），但最後一天有半畫空檔，可以全隊人任意走走，我竟
然提議了再去 Circular Quay。那時我沒有其他想法，就只一個

目標：去探探我幾年無見的Opera House，再坐到同一段欄杆上影張相。我開始對這個地標有點上癮。

怎知道下一次再見，就是五年之後，疫情禁飛什麼的，春分秋至，我們都問到底發生了什麼事。幾經波折，上年終於慢慢復飛，我因為探朋友的關係，又有機會再次回到悉尼。

Hey，沒有怎變欸，生活的步調還是如一，海港在初夏的

陽光下還是一樣蔚藍而且閃閃生光，這個城市的氛圍，還是令我十分享受。

至於Opera House，當然啦，我又再特意回到那裡，又再找了那段欄杆，影了張相。

其實歌劇院從來冇變，仲有乜嘢好影？幫忙影相的朋友不明白，我自己都解釋不到，過了這麼多年，來這裡打卡似乎已經變成一個情意結。我知道歌劇院很遊客，很多locals也不覺得怎麼樣，但作為外來者的我，卻始終覺得它很有魅力。

寫文章的這一刻，悉尼歌劇院開幕剛好五十年，半個世紀了，仍然能夠給人一種突破的味道，或是「我是異類」的視覺衝擊，而它坐落在南半球的澳洲，更有種莫名的「夾」。

南半球人口只有全球的八分一至十分一，本來就已屬小眾，地形上澳洲更是躺在地圖的一角，算是先進國中的hipster人士。Opera House，和它代表的澳洲，同樣散發著一種另類感，「我非主流但我過得很好」，不用走到世界中心，也能自成一格，用舒適的步調自信地綻放著自己的光芒。流傳1973年英女皇為悉尼歌劇院開幕時，曾經這樣說：

The human spirit must sometimes take wings or sails and create something that is not just utilitarian or commonplace.

劃時代的建築，悉尼歌劇院代表的精神是這種，難怪我這麼有共鳴，我都說我浪漫主義㗎啦，對很多事都自動賦予滿滿的感覺。

不過我和 Opera House 的 connection，似乎還有多一個層次，它見證了我幾個階段的進化，又標記了我不少美好的回憶，每次又再與它碰面，心裡也彷彿找到一點安慰。曾經熟悉的香港經過幾年風雨，早已面目全非，然而遠在南半球，這座得到我無限偏愛的建築物，依然原封不動，由第一次見，到上一次見，相隔十年，你仍在，我仍在。世界變，有些東西，慶幸沒有在變。大概人大了，總會有些不明所以的情感依靠。

食物有 comfort food，旅行都有 comfort place。我開始有點明白在牙買加遇到的美國夫婦。

你的 comfort place，在哪裡？

日本？好啦好啦，I won't judge。哈哈。

悉尼海港是全世界最大的天然海港，對海洋生物，航海人士
來說，都是天堂。Opera House 建在這裡，又再型啲了。

✈ 3.10 童年你與誰度過？

我愛 Pokémon，不是秘密。從小學開始我就迷上它的卡通片、Gameboy 遊戲和 card game。家中至今仍然有幾個裝滿對戰卡的工具膠箱，和兩百幾隻膠公仔。Pokémon Go，當年晚晚踩單車出街玩，同一班街坊站在公園中掉精靈球，直到近年推出的兩款 open world 遊戲，我都有買。

大部分同年朋友都只認識我們兒時推出的第一、二代的精靈，我卻一直有 follow。最誇張的是，大學第一年必修的論文寫作科要求我們自由定題寫一篇 final paper，我還選了 Pokémon 做分析對象，拿了個 A-。

我可能還不至於是狂迷，但 Pokémon 在我心中佔了很重要的席位，是肯定的。

所以當我換了機票準備即興遊大阪，發現那邊有間 Pokémon Center（Pokémon 世界入面治療精靈的地方，在現實世界，就是商品專賣店），我好興奮。

我一定要去！

行程安排在大阪之旅的最後一天，但未到當日，我已經感受到 Pokémon 異世界的存在。那時正值「朱／紫」遊戲剛剛發布的時期，幾個大商場的電子廣告位，都換上了 Pokémon 的廣告片：嫩綠的草原、褐紅的沙漠和蔚藍的海洋三個場景，各自住滿了不同品種的精靈，最後一句「朱／紫 11.18 世界同時発

売」，全片就完。十來秒，立即戳中我對 Pokémon 宇宙的最大嚮往點：不同屬性的精靈相生相剋，在多樣的大自然環境裡各有自己的位置，互補不足。

Big day 來到，我十一點左右來到大丸梅田店，由 JR 站那層開始乘扶手電梯一層一層上，化妝品、名牌包包、女裝、男裝，甚有在銅鑼灣 Sogo 的感覺，可能是時間尚早吧，就算是星期六，所有樓層還是相當冷清。我一直懷疑自己有否來錯地方──Pokémon Center 會選址在這樣的一間百貨公司裡面嗎？路線和受眾好像都很格格不入欸⋯⋯

直至我終於上到十三樓，我的疑慮才一掃而空。我簡直瞬間轉移了去另一個維度。剛才十二層沉實穩重的空間設計完全消失，取而代之，是令人目不暇給的色彩繽紛，人山人海，到處都是嬉鬧聲，用英文講，這裡很 happening。

空間衝擊太大，我一度有點迷失，我該往哪裡走才對？一會兒後我找到入口的人龍，卻發現不能立即進內，原來他們按時段放人入場，要朝聖，就先要到旁邊攞個籌。我一直以為 Pokémon 風潮已經不如以前，想來 Pokémon Center 逛的人也不會多，現在看來，我還不是個異類。

我的籌號是差不多一點的時段，還有兩個小時，就決定先到再上一層的餐廳吃個午飯。從 Pokémon Center 走到扶手電梯口，我發現這裡原來不止有 Pokémon 一家，幾個大型動漫

或遊戲品牌，包括海賊王、任天堂和旗下擁有 Resident Evil 的 Capcom 等，都在這層設了專門店，這裡一個巨型 Bowser，那邊一個巨型路飛，漫迷機迷之多，氣氛之熱鬧，你可想像。不過當然，我對這些都不為所動，我真正最愛的，始終是那個精靈世界。

　　排隊等位再吃完一盆壽司之後，我的籌號時間到了！經過那些正在試玩電子遊戲的小朋友，我加入了等候隊伍，一、兩分鐘後就被安排入場。是清一色全是精靈的世界啊！首先最矚目的，一定是當時最新「朱／紫」版本的三隻主角精靈，三大隻毛公仔，就放在舖頭的最當眼處。當時遊戲才推出幾天，我

還未入手，對牠們沒太大感覺，反而放在牠們對面貨架的元祖
伊貝系列，就馬上吸引到我過去。

　　不熟悉Pokémon的朋友，伊貝是一隻本身無屬性，但和不
同進化石接觸就會進化成相應屬性進化體的特別精靈，元祖系
列就有水伊貝、火伊貝和雷伊貝，風靡很多人，因為牠們又型
又可愛，又因為牠們很有「一套full set」的齊全感，風靡到我，
還因為牠們有著同一「祖先」但因為環境不同而進化成不同特
性後代的概念，很進化學，很cool（伊貝英文名Eevee就是由
Evolution一字而來）。望著眼前這堆伊貝，我覺得我要買了，
不過我實在接受不到家裡將會陳列著三隻大過人頭的毛公仔，
於是我決定揀一隻我最偏愛的作為我的戰利品。

然後我開始遊走舖內的其他位置，原來差不多七成的空間，都只用來放大大小小的毛公仔，起碼有百幾二百款吧，要為這個場面加個hashtag，絕對是 #花多眼亂。我素來覺得毛公仔是浪費居住空間和地球資源的發明，來到這裡，我發現凡事總有例外，拿著籃子逐行逐行仔細睇、仔細J，每一格貨架都總有幾款公仔令我愛不釋手，當中很多更對應到我腦內的陳年記憶，就像德州撲克的莊家發牌一樣，把我對不同精靈的情感投射逐塊翻開，把我和五年級那個拿著Gameboy、帶著紙牌deck與朋友對戰的自己連線起來，感覺不止興奮，還很暖心。This is my past. This is where I come from.

　　一個小時之後，我到收銀處付錢，很多精靈都很吸引，但我最終決定只帶兩隻回家，因為我不想把屋企變成毛公仔世界，我會吃不消。每個人都有個童年思憶的據點，提醒我們曾經在人生的頭十幾年，過了一段沒有現實重擔的歲月。閒時忘記旁人目光放飛形象，按摩一下童真穴道，似乎能清除一些在成人世界累積的毒素。發現自己還懂得在這種環境下開心，更似乎代表著自己最開初的靈魂還未被完全磨蝕掉，在瘋狂的現實世界裡，是種安慰。

　　Pokémon不只是一套卡通，還是一個令我著迷、甚至對我影響深遠的異世界。我曾經在無數個場合說過，我覺得我選讀生態學和喜歡大自然，有很大部分原因是因為受到Pokémon universe的影響。某程度上，它也就成就了今天的我。「沿路

看遍每個都市，飛過綠樹片片山莊」，是 Pokémon 第一代主題曲的一句，至今對我來說仍然充滿浪漫，更成為我真實工作的主題。再看看我《放浪美利堅》又去冰川又去森林，還去落水底再去沙漠，跟文初提到的 Pokémon「朱／紫」廣告片概念，不是不約而同地很相似嗎？

　　最後重申一點。牠們永遠都是寵物小精靈，不是寶可夢。

在寵物小精靈的虛構宇宙，每一代的精靈都來自於一個地域，每個地域的地理設計，都建基於現實世界一個真實地方。
例如第一代地域，原型就是日本關東。
截至落筆一刻最新一代的地域，原型則是
西班牙和葡萄牙所在的伊比利亞半島。

Thank you
for flying with us!

再一次，
放浪地球

作者：梁彥宗 Chris Leung

出版人：卓煒琳

編輯：Venus Law

美術設計：Winny Kwok

出版：好年華生活百貨有限公司

地址：香港九龍彌敦道 721-725 號華比銀行大廈 501 室

查詢：gytradinggroup@gmail.com

印刷：中寶印製

地址：香港柴灣豐業街 8 號宏亞大廈 12 樓

查詢：3113 7040

發行：一代匯集

地址：香港旺角龍駒企業大廈 10 樓 B&D 室

查詢：2783 8102

國際書號：978-988-76520-4-5

出版日期：2023 年 6 月

定價：$118 港元

Printed in Hong Kong

再一次，放浪地球